カントリーノート

―高齢化社会を生きる―

宮原　達明

ほおずき書籍

カントリーノート／目次

一　高齢化社会を生きる

延命地蔵《えんめいじぞう》（伊那市高遠町・桂泉院）

因業《いんごう》じいと好々爺《こうこうや》の分かれ道

年を取るにつれ怒りっぽくなり、言い出したら聞かない頑固《がんこ》じじいあるいは因業じじいになる人がいる。一方で、年を取るほどに人間的に丸くなり、小さなことにこだわらずおおらかさを増し、孫にも慕われるいわゆる好々爺になる人がいる。この両者はどこで分かれるのか、興味深いテーマである。

もちろんその人の持って生まれた性格もある。生来怒りっぽく、何かにつけて当たり散らす人は将来の因業じじい予備軍である。逆に性格温厚で物わかりがいい人は、年老いて好々爺になる可能性が高い。しかしそれだけでもないような気がする。若いころは気が短く癇癪《かんしゃく》持ちであった人が、老人になると穏やかで物わかりがよくなることもあり、またその逆もある。老後のその人の心の有りようはどこで分かれるのだろうか。

遺伝的な要因もあるのではなかろうか。年を取ったら死んだ親父そっくりになってきた、という話はよく聞く。因業の父親に育てられた子どもは、年を取るにつれて父親に似てくる傾向は否定できない。「このクソ親父」と反発していても、年老いて自分も同類項になるのは皮肉なことではある。しかしそんな父親のもとで育っても、親を反面教師として自分は年老いてもあんな風にはなるまいと自制を心掛けた人は、努力の甲斐あって、皆から好かれる好々爺になるかもしれない。しかしこの遺伝的因子はかなり強力なもののようだ。

生まれつきの気質や遺伝的要素を除けば、年老いたその人の環境が大きな分かれ目になりそうだ。自分なりにやり終えた仕事に満足し、家庭的にもそれなりに恵まれている人は因業になりにくい。一方でわが人生をふり返って思うように自分を生かすことができなかったと不満を蓄積している人、また家庭的に恵まれないと感じている人は、因業じじいになりやすい。子どもと折り合いが悪く家に寄りつかなかったり、孫の躾《しつけ》ができていないため年寄りの言うことを聞かないで「クソじじい」などと悪態をつくような家庭環境では、なかなか好々爺ではいられないだろう。

さらに、私がそのよい例だが、時には好々爺になり、またあるときには頑固じじいになる分裂型もあり、このケースが案外多いのではないかと思う。しかし妻に言わせると、こういうのも始末に悪いそうだ。機嫌がよいかと思うと突然怒り出したりして妻に当たる、要するに心のありように一貫性がないのだ。

いずれにしても年を取ると、若いころのように対人関係や仕事のことで自制心が求められることがなくなる分、その時々の気分で好々爺になったり頑固な因業じじいになったりするということか。

まあここまで来れば、無理をして物わかりがいい年寄りを演じるよりも、残された人生は自然体でいきたいものだ。年寄りに共通するのは、長年かけて垢のようにこびりついた固定観念が周囲との協調に障害になっていることだ。その固定観念は、自分でも今の時代にもう馴染《なじ》めなくなっていると感じながら、簡単には捨て去ることができない。しかし、自分の若いころも親の頑固さに辟易《へきえき》したことを思い出し、いつの時代も同じことの繰り返しだと悟れば、こだわりがなくなり気が楽になる。目の前のものをそのまま受け入れながら自然体で生きれば、自ずと好々爺になるような気がする。保証の限りではないが……

「老人」と言われたくない理由《わけ》

喜寿《きじゅ》（七七歳）を過ぎても、年寄りだと認めたくない自分がいる。物忘れが酷《ひど》くなったり、自信があった視力が衰え眼鏡をかけないと新聞が読めなくなった。それに疲れがなかなかとれない、ひざ痛や腰痛が治らないなど着実に老化が進んでいるのはわかっている。にもかかわらず、自分が「高齢者」とひとくくりにされることや老人扱いされるのは不愉快である。

九二歳でなくなった私の父は、農業一筋の人生を貫いた人だが、敬老会には一度も出たことがなかった。病気で体力が衰えた九〇歳までトラクターを乗り回し、現役の農民として稲作や果樹栽培に打ち込んだ。病気で倒れるまで農業者としての自信と誇りを持ちつづけ、年寄り扱いをされることが嫌いな人だった。

私も敬老会の招待状を受け取って三年目になるが、設営していただいている社会福祉協議会や公民館の皆さんには申し訳ないが、一度も出席していない。理由は、年を取ったというだけで尊敬などされたくないし、慰労もしてほしいとは思わないからである。こうした考えそのものが老人特有の依怙地《いこじ》な発想なのかもしれないが……。

その私が、自分が高齢者だと思い知らされたことが二度あった。

その一つは、薪ストーブのメンテナンス料を業者に振り込まなくてはならなくなったとき、手数料が若干安くなるからという妻の助言にしたがってＪＡの自動支払機でカードを使い振り込むことにした。カードを使っての振込は初めてである。しかし、画面にしたがって正確に手順を踏んだつもりであったが、出てきたカードには「支払いはできません」と印刷されているではないか。なぜだろうと不思議に感じたが、午後五時近くであったため職員に聞くこともできずにこんどは高遠町へ行き、八十二銀行の支店のＡＴＭで同様の操作をした。結果は同じだった。これは時間が遅かったためかと思い直し、翌朝こんどは同行の伊那北支店でトライした。しかしまたしても結果は同じ。なぜだろう、と不思議に思い窓口で若い女性行員にいきさつを話した。しばらく上司と相談した行員は戻ってくると私にこう質問してきた。

「失礼ですが何歳におなりですか」

あまり触れられたくない話題だなと内心むっとしながら私は答えた。

「七六歳だけど」

「わかりました。当行のATMは七五歳以上の方でここ三年以上カードでの振込をしていない方にはお支払いができないように設定されています。宮原様はこれに該当しています」

これは高齢者に対する一種の差別だゾ、と感じたが、振り込め詐欺が多発するご時世では、これも銀行による被害予防の善意と理解するしかないと納得した次第である。この規制を解除するには免許証と印鑑が必要だという。だが農民は、必要な資材や肥料の代金などはJA口座からの引き落としで処理することが多く、そこまでしてカードを使って振り込む必要を感じない。あらためて普段の手続きで現金を引き出し、振込用紙を使って窓口で送金を済ませた。この件でとくに不愉快な思いをしたわけではない。そういう扱いをされる年になったのだと思い知らされたのだった。こういう現実を突きつけられると、腹が立つより先に苦笑いするしかない。

もう一度は自動車の免許更新時である。七五歳以上の更新希望者は、今までにはなかった講習や実技が課せられている。また記憶力や反射神経を試す試験のようなこともさせられる。七五歳以上の者を一律に扱うな、と抗議したいところだが、これも高齢者が加害者となる交通事故が多発するご時世では、抵抗は難しい。黙々と講習を受けた。知識や運転技術は人並みだと思っていても記憶力にはかなりの不安があった。一日の生活の中で捜し物をする時間がかなりの数字になると自認している私としては、このテストには真剣に取り組んだ。お蔭で無事パスして免許の更新が認められた。

人は生まれてから成人するまでは多かれ少なかれ同じような過程を踏んで成長する。しかし高齢者については個人差が大きく、七〇歳になる前から健康や精神状態に問題を持つ人もいれば、九〇歳になっても元気で働いている人もいる。そうした実情を把握するのは難しいことだとは思うが、ある年齢に達した者をひとまとめにして老人扱いしたり要注意者扱いをすることには不愉快な思いを禁じ得ない。

人には個人差があり、物理的な年齢だけで一律に判断できない生き物だということを理解してほしい。年が若くてもその生き方を見ると、時流《じりゅう》に流され目標もなく、はたから見てもその生き方は時間を無駄遣いしているだけと感じられる者も多い。一方で、年は取っているが夢を持って挑戦を続ける人もいる。物理的な年齢だけを基準にして同情されたり差別的に扱われることには、抵抗したくなるこの頃である。

高齢者の品格

ひところ「国家の品格」という言葉が流行した。藤原正彦氏による同名の著書が出版され注目されたのがきっかけである。

アメリカ合衆国のトランプ大統領は、公約である「自国第一主義」に基づく外交政策を通じて、指導者としてだけでなく、国家の品格をも貶《おとし》めている。国の指導者である限り自国の利益を優先的に考えるのは当然である。しかし、その結果が国際社会における協調を乱し、さらには人類の未来に対する責任を放棄するに至っては、指導者としての資質が問われる。貿易問題だけでなく、国内の少数民族への対応や地球温暖化対策、さらには難民問題への姿勢にそれは如実《にょじつ》に現れる。

ロシアや中国のような専制的な国は論外としても、戦後の民主主義国家のリーダーとしてそれなりの指導力を発揮してきたアメリカが、その軍事力や経済力を武器に、なりふり構わず自国の利益追求に突き進む姿を見ると、そこには大国としてのプライドも品格も感じられない。

翻《ひるがえ》って個人にも同様なことが言えるような気がする。

多くの人生経験を積んできた高齢者が、晩年を自分のことだけ考えて暮らすのではいかにも寂しい。体が弱かったり経済的に不安を抱えている場合は仕方ないとしても、人生のまとめの時期になっても金銭に執着したり、自分のことだけを考えて協調性を失った人には、人としての品格を感じることはできない。

高齢者にとって、キーワードになるのは「社会への貢献」ではなかろうか。体力的にも精神的にも余力のある人が、恵まれない人や助けを求めている人の役に立ちたい、と思うのは人としての自然な感情である。自分を育ててくれた地域社会へ感謝を込めて何かしら役に立ちたいと、考えるのも自然である。そしてそれが実践できるのが時間的に余裕を持つようになった高齢者であろう。どんな小さなことであれ自分ができることを通じて社会へ貢献したいと考え実践する人を見ると、充実した時を過ごしているな、と感じる。

二〇一八年、山口県で行方不明になった二歳の男の子を無事救出した尾畠春夫さん（当時七八歳）は、スーパーボランティアとして時の人となった。しかし、人知れずボランティア活動を続けてきた彼にとって、脚光を浴び取材が殺到することはむしろ迷惑だった。彼の行動は、「困った人の役に立ちたい」という純粋な思いから出たものである。今の自分があるのは、苦しいときに多くの人の支えがあったからで、そうした人々や社会への恩返しをしたい、と全国各地を駆けめぐってボランティアに汗を流してきたのだった。助けが必要な人のためにはどこへでも駆けつけて力になりたい、と言う彼の生き様には、誰もが尊敬の念を禁じ得ない。

私の回りにも、地域のために、あるいは子どもやお年寄りのためにボランティア活動をしている人たちがいる。手助けされた人の笑顔を見たり、自分が人のために役立っているという実感が持てるのは、それだけで嬉しいことである。どんな小さな取り組みであれ「社会への貢献」を心がけている人の顔は優しく、品格が感じられる。

年を取るのも悪くない

年を取るのも悪くない、と近年思うようになった。

おめでたいと言われる喜寿（七七歳）を過ぎると世間的には紛《まぎ》れもない高齢者であり、小さい孫から「じじい」と悪態《あくたい》をつかれる年である。

専業農家として妻と二人で農業に従事しているが、七〇歳を過ぎたころから急に体力の衰えを感じるようになった。疲れやすくなり、少し無理をして働くと腰や肩を痛めてしまう。現に七五歳のときに腰を痛め、いまだに完治していない。階段を登ろうとして膝が痛む時があり、そんな時は手すりがあればそれを使うようになった。気持ちだけは若いつもりでいても、体の方は容赦なく老化が進んでいる。

しかし、七〇代の半ば頃から、いまの自分の暮らしを見直すようになった。私は、過去をふり返ることをしないようにしているが、ふと立ち止まって考えたとき、今の自分は今までの人生の中で最も心安らかで充実した暮らしをしているのではないか、と思うのである。

子育てもおわり、地域の責任ある役職からも解放された。この年になるとお金もそれほど必要ではなくなり経済的な不安を感じることは少ない。そして恵まれた自然環境の中で自然とともに生きている。このことはそれだけで素晴らしいことではないか。日々の行動すべてが自己責任という気楽この上もないいまの暮らしは、腰痛や体の衰えを差し引いたとしても何ものにも代え難《がた》い。

巡《めぐ》り来るその日その日を、いかに組み立てて過ごすのかを自由に考えることができるということは楽しいことである。農業をしている関係で暇をもて余すことはない。朝、床の中で目覚めると、まず今日の仕事の段取りを考える。実際には予定どおりにいかないことも多く、やり残した作業は明日に延期する。アラブ世界には「明日できることは今日やってはならない」という言葉があるそうだが、そこまで割り切ることはできないものの体力とその時の気分で遠慮なく日延べする。イノベーションは社会を変革し緊張感を生むが、私の「ヒノベーション」は気持ちを楽にさせる。

雨降りは「農休み」であるし、比較的暇な冬期間にはやりたいことがたくさんある。若い頃からいろいろなことに挑戦し、その多くはものにならなかったが、その中のいくつかがいまでは趣味として暮らしにメリハリを与えてくれている。

ゲーテの代表作『ファウスト』の主人公である老哲学者ファウストは、悪魔メフィストフェレスの誘惑に負けて魂と引き替えに若さを得た。八〇歳を目前にした私だが、どんな誘惑があろうとも、いまの生活を捨てて気ぜわしくもストレスの多い若いころに戻りたいとは思わない。

孤独に耐える力

男は時として家族から離れて一人になりたいと思う。しかしその一方で、一人でいることの孤独に耐えられないと感じることがある。これは一見矛盾しているように思えるが、男とはそういう厄介な生き物なのだ。自分の意志で一人になるのではなく、物理的に一人の生活を余儀なくされたとき、その孤独が無上に辛く思えることがある。

必ずしも一般論ではないが、定年退職後の夫婦で、夫に先立たれた妻はむしろ元気になることが多いという。日常の煩《わずら》わしさから解放され、自分のペースで時間を自由に使えるようになるからだ。それまで家に閉じこもりがちだった妻が、夫の死を契機に友達と旅に出かけたり趣味に打ち込んだり、生き生きと生活するようになったという話はよく聞く。

一方、妻に先立たれた男はというと、これからどうして生きていけばいいのか途方に暮れる場合が多い。今の若い夫婦を見ると、夫も家事や育児に参加していて料理もできる。一人になっても生活可能な訓練が日常的にできている。しかし今の高齢者の多くの男性はそうした心構えさえできていない。「男子厨房《ちゅうぼう》に入らず」とか「男は外に出れば七人の敵あり」などとうそぶいて家事を拒否してきた。そのつけが重く男の肩にのしかかってくる。妻が亡くなって急に老けたとか、妻の後を追うようにして逝《い》ってしまった、という話はよく聞くのである。

男は、孤独に耐え一人でも生活できる力を養っていかなくてはならない。仕事に従事していたりボランティアなどの奉仕活動をしている人は、社会とのつながりを持っているが故に孤独にも耐えていける。しかし、そうしたつながりもなく趣味もなく、定年後の生活全てを妻に頼り切っていた場合、取り残された男の末路《まつろ》は哀れである。

男の孤独を救ってくれる希望のひとつは、友であろう。友人が多い人は、仲間と旅に出たり飲んだりと気を紛らわすことができる。同じような境遇の友と「男の料理教室」に通うこともできやすい。いい友人を多く作ることが、最悪のシナリオに備えて重要になる。しかし、同じ友人でも悪友もあれば困ったときに頼りになる友もある。悪友も時として楽しい時間を共有してくれるが、困ったときに親身になって話を聞いてくれる友は貴重である。『徒然草』のなかで兼好法師は友について次のように書いている。

友とするにわろき者七つあり。一にはたかくやんごとなき人、二には若人、三には病なく身つよき人、四には酒を好む人、五にはたけくいさめる兵《つわもの》、六には虚言《ざれごと》する人、七には欲ふかき人。

よき友三あり、一は物くるる友、二には薬師《くすし》、三には智慧《ちえ》ある友

このお説はあくまでも兼好法師の考えであり、現代人としては同感できるものもあれば少し首を傾《かし》げるものもある。

彼にとってよい友人とは、智慧があり物をくれる医者、ということになる。確かに医者の友人がいれば何かと健康上の相談にのってくれて心強い。そのうえ賢くて気前がよければ申し分ない。悪い友のうち六、七の嘘つきで欲の深い人は誰もがそう思う。一のやんごとなき人は今でいえば金持ちにあたるのだろうか。金持ちも二の若人も価値観が違ったり発想も違っていて付き合うのに何かと疲れる。三の健康すぎる人は友として不適当だ、というのは面白い。人はなにがしかの健康上の不安を抱えている。健康すぎる人はそうした不安や悩みを抱える人の気持ちが分からず思いやりや優しさに欠ける、ということなのだろう。四、五の酒好きの人や人の過ちを強くいさめてくれる人に対する評価は分かれるだろう。要するに、愚かではなく思い

やりのある人で、いつでも悩みが相談できる人が良き友と言えるのだろう。
いずれにしても、高齢者の仲間入りをした男性も、最悪の事態を想定しながら常に社会とのつながりを持ち、孤独に耐える心構えと訓練をしていくことが肝要《かんよう》である。同時に、妻に先立たれないように、常に妻の健康には気を配っていくことが、夫たる者の最優先の課題であろう。

物忘れは気にしない

私の好きな歌手である中島みゆきの歌「傾斜《けいしゃ》」にこんな歌詞がある。

としをとるのはステキなことです　そうじゃないですか
忘れっぽいのはステキなことです　そうじゃないですか
悲しい記憶の数ばかり飽和《ほうわ》の量より増えたなら
忘れるよりほかないじゃありませんか

みゆきさんはまだ若いから無理もないが、年をとることや忘れっぽいことはそれほど手放しで自慢できるようなステキなことではないし、記憶装置を飽和状態にしているのは悲しい記憶ばかりではない。しかし年をとるにつれ忘れっぽくなることは、嫌な記憶も忘れるから満更《まんざら》捨てたものではない。私も家族から忘れっぽいことをとやかく言われたとき、こんなふうに答えることにしている。「ワシの記憶装置はもう満杯なんだよ」

古いことは良く覚えていても新しいことはなかなか記憶にとどめておくことが難しい。私は昨夜食べた食事の内容について聞かれても、おそらく答えられない。朝昼晩の食事のあとにお茶を二杯飲むのが習慣になっているが、いま飲んでいるのが一杯目か二杯目なのかわからなくなり妻に聞くことがよくある。昔のことはそれなりに覚えているつもりだが、きのう今日のことはすっかり記憶から抜け落ちてしまうことが多くなった。

五年連用の日記を付けている。数日間書き忘れてまとめて書くことが多い。二、三日前のことがなかなか思い出せず、これまた妻に聞くことになる。客観的に見てかなりあぶない状況ではあるが、私自身はあまり気にしていない。苦にしてもどうにもならないことは気にしないことにしている。気持ちを暗くしたくないからで、記憶力の低下を含む自分の身に起こる現実はそのまま受け入れることにしているのである。しかし忘れることで人に迷惑をかけることもあるので、大事なことはできるだけカレンダーにメモしておくことにしている。それでもそのメモを読むことを忘れてしまい迷惑をかけることがあり、そんな時にはさすがに自己嫌悪《じこけんお》を感じるが、それも数秒の間のことで、すぐに立ち直る。したがって最近は、地域における責任の重い役職はお断りすることにしている。

私の物忘れのひどさについては、いまに始まったことではない。これは我が家では周知の事実で、今でこそ加齢《かれい》による天然自然のボケが入っていてそれほど目立たなくなっているが、忘れっぽさは若い頃から顕著な傾向であった。失敗談をあげるときりがないほどである。それでも少し紹介しよう。

小学生の頃にはすでにその兆候《ちょうこう》が現れていた。忘れ物の常習犯で、家が学校から歩いて五分ほどの所にあることもあり、休み時間に家まで走ったことは少なくない。宿題もよく忘れたが、それで先生にひどく叱られた記憶はない。全体的におおらかな時代でもあり、自分でも忘れっぽいのは俺の特徴、くらいの感覚でいたように思う。

こうした特質は遺伝するのだろうか。長男は小学校のとき宿題を忘れて廊下に立たされることがしばしばだったというし、二男も長男に輪をかけた忘れん坊である。二男の父親参観の時、教室の後ろの壁に縄跳びやけん玉の成績がグラフ化されて張り出されていた。運動能力の高い二男はクラスで一番成績がよかったので鼻が高かった。少し離れたところにもう一枚の棒グラフがあり、二男が飛び抜けてトップだった。これもなかなか頑張っているな、とよく見るとそれは忘れ物の回数のグラフだった。その後、二男の担任と話す機会があり、担任から忘れ物が多いという話題が出された。私はとっさにこんなことを言ったように記憶している。忘れ物が多いのは我が家の伝統的な特質です。宮原家の血の問題ですので、あまり厳しく叱らないでいただきたい。

よくもそんなことが平気で言えたものだと今にして思うが、自分のことを棚に上げて息子を叱ることなど私にはできない。その二男は今、上伊那で中学校の教師をしている。忘れ物をした生徒へはどんな対応をしているのだろうか、直接聞いたことはないが、よもや頭ごなしに叱るようなことはしていないと信じているが……。

年をとると忘れることが多くなるのは、加齢とともに進行する老化現象の一つであることは間違いない。これを防ぐ特効薬や確かな対処法はないように思う。老化に伴う現象については受け入れるしかない、と私は割り切っている。じたばたしても見苦しいし、苦しいだけである。ひところ「忘却力《ぼうきゃくりょく》」という言葉が流行したが、自分にも忘却力がついたぞとうそぶく余裕がほしい。伊達《だて》に年をとったのでなければ、現実を受け入れて泰然《たいぜん》としていることが肝要である。

しかし若いころの物忘れは、忙しさに紛《まぎ》れての注意力散漫ゆえという場合もあるが、その人の集中力が高いことに起因することも多いように思う。何かに集中しているとほかのことが見えにくくなる。自己弁護になるが、私も私の息子たちも集中力は人並み以上あると思う。

私は何かつきつめて考え始めると、ほかのことは一切眼中になくなる。若い高校教師だったころはその傾向がひどく、人に言うと馬鹿にされそうな失敗を繰り返した。出勤のために着替えをしていて、気がつくと素っ裸になっていたり、出勤の時、革靴を履《は》き鞄《かばん》を持って道路に出ると通りがかった生徒がくすくす笑っている。よく見ると、自分はまだパジャマのままだった。教室で授業を始めようとしたとき生徒に指摘されて気がついたのだが、手に持っていたのはチョーク箱ではなく湯のみだった、などなどである。いずれも何か考えごとに没頭していて、無意識のうちに行動していたのである。そんなことを繰り返していた私が、何とか教師を無事に定年まで勤めることができたのは奇跡に近い。

今でもテレビで映画を観ているときなど、妻から声をかけられても返事をしないことがある。故意に無視しているのではなく自分が映画の世界に入りきってしまうのである。返事をしても生返事《なまへんじ》で、何を言われたのか記憶にないためあとになってトラブルになる。こうした傾向は小学生の孫にも見られ、孫よお前もか、と思う。

物忘れが多くなってよいこともある。私は映画が好きで、昔は映画館通いをしていたが今はもっぱらテレビで鑑賞している。テレビで感動しながら映画を観ていて、終わりころになって「あれ、この映画は前に観たことがあるぞ」と気付くことがある。一度観たことを忘れたからこそ、再び新鮮な感動を味わえたわけだ。これは忘却力がついたお蔭といってよい。

物忘れがすすむことをネガティブに捉えるのではなく、誰もが経験する自然現象として気を楽にして受け入れたい。たとえ妻に「それだからアンタは進歩がないのよ」と悪態《あくたい》をつかれても気にしないで……。

二　幸せの方程式

翁草《おきなぐさ》

諦《あきら》めが肝心《かんじん》

「諦」は仏教の世界では「真理」を意味するという。このことは、人の生き方に関連していろいろ考えさせられる。

物事に執着し、どうにもならないことをそれと知りつつ諦めがつかずにあれこれ悩む。人の様々な苦しみや不幸の多くはここが起点になっている。堂々巡りの悩みや後悔、恨みなどを捨てきれない限り、人は前へ進んでいけない。目前の事態をあるがままに受け入れ、そこを新たな出発点にすることによってのみ、次への展望が生まれるのである。それができないのは人間の弱さなのかもしれないが……。

幕末の越後に生まれた良寛は、大地震に遭遇した友人にこんな見舞いの手紙を送っている。

「災難に逢時節《あうじせつ》には　災難に逢がよく候
死ぬ時節には　死ぬがよく候
是ハこれ　災難をのがる丶妙法《みょうほう》にて候」

ここには良寛の到達した「諦」の境地がある。

「足《た》るを知る」生き方

人の欲望には限りがない。欲望や欲求が人の行動の原動力になっているという事実は認めるが、新聞やテレビの報道を見ていると、飽《あ》くなき権力への欲望や限りない物欲《ぶつよく》が世の中を誤らせ人を不幸せにしている、という現実を嫌と言うほど見せつけられる。これで充分だ、という終点の見えない欲望に付き合っている限り、人は幸せになれないような気がする。

人が生来《せいらい》持っている欲望は、仏教の世界では「煩悩《ぼんのう》」という言葉で表現されている。煩悩を消すために僧侶は苦行《くぎょう》や座禅などの様々な修行を積むのであるが、これは容易なことではない。ましてや凡人が煩悩のない境地に至ることは極めて困難なことだといってよい。ただ、自分の欲望を制御しコントロールしていくことは可能である。それはその人の理性によって導かれる人生観や価値観、さらには哲学に関わる問題である。そうした哲学を持つことは、仕事や生活に追われる若いうちは難しいが、年をとると長年の経験から、飽《あ》くなき欲望の先にあるものが見えてくることもあってそれほど難しいことではなくなる。欲望の質を重視することによって、日常生活に於いても充分満足でき達成感も得られるようになるのが高齢者の知恵であり年の功である。

いわゆる「足るを知る」境地の実現である。今の生活にそれなりに満足し、むしろ目に見えない「心の豊かさ」に生き方の重心を移すことである。それは、自分の好きなことに「第二の人生」として取り組んだり、趣味やボランティアに生き甲斐を見いだし、一方で経済的には「足るを知る」暮らしで満足することによって可能になる。

さらに高齢者は、過去においてさまざまな病気や怪我で辛い思いをしてきたからこそ、普通の生活のありがたみを感じることができる。

平凡ではあっても当たり前の日常の暮らしのなかで、大きな苦痛もなく無事に過ごせることに感謝する。これが「足るを知る」暮らしであり、多くの苦楽を経験してきた高齢者でなくては到達できない境地ではなかろうか。

幸福度

毎年国際幸福デーの三月二〇日に国連が「世界幸福度ランキング」を発表している。これは各国の国民に「どれくらい幸せと感じているか」を評価してもらった調査に加えて、ＧＤＰ、平均寿命、寛大さ、社会的支援、自由度、腐敗度などの要素を元に幸福度を計ったものだという。

我が国はここ数年五〇位台に低迷していて、二〇一九年は五八位であった。前年より四つ順位を下げた。一位はフィンランドで、二位デンマーク、三位ノルウェー、四位アイスランドと続く。最も低い国は南スーダンで、中央アフリカ共和国、アフガニスタン、タンザニア、ルワンダと、アフリカや西アジアにおける紛争の多い国が占めている。

経済的な視点で見たとき、それほど豊かとはいえない北欧の国々が幸福度の上位を占め、豊かな日本のそれが低いというのは考えさせられる。この結果は、物的な豊かさが必ずしも幸せであることの実感につながらないことを示している。北欧の国々の幸福度が高いのは、貧富の差が小さく、社会保障が充実していて弱者への配慮が行き届いているからだろう。女性の地位や社会進出がすすんでいるのも、大きな要因になっているようである。ちなみに一位のフィンランドは、世界で唯一、父親が母親より学齢期の子どもと過ごす時間が長い国である。

経済的にそれほど豊かでなくても、老後の心配がなく、女性の社会進出がすすみ、しかも生活に大きな格差がないことが幸福感につながっていると考えることができる。不公平感が強い国の国民は、たとえ生活が豊かであっても満足感が低い。誰であったか忘れたが、租税に関してこんな言葉を残した人がいた。

「税の高きを憂《うれ》うにあらず。等しかざるを憂う」

我が国も「一億総中流社会」の時代は昔のことで、今は大企業や高額所得者への政策面での優遇が続き、貧困層が厚くなって経済的な二極分化の様相を呈している。都市はもちろん農村でも日々の暮らしがままならない貧困層の増加が問題となっている。政治家は国全体の経済的パイの大きさや国際競争力にこだわり、こうした格差の問題に真剣に取り組もうとしない。こうした状態が続く限り、社会の不安定要因が増え犯罪も増えていくことは、日本が同盟国として追随するアメリカ社会を見れば明らかだろう。政治の責任は重いのである。

井上井月《せいげつ》のこと

あなたは井上井月という俳人をご存じだろうか。信州伊那を中心に放浪生活をした俳人で、無欲無一物の生き方を貫いた人である。俳人としては決してメジャーな存在とはいえないが、俳句をたしなむ人びとの間では次第にその名が知られるようになった。私はこの俳人が好きである。

信州の生んだ俳人は、と言えば小林一茶がまず思い浮かぶ。一茶が死んだとき井月は四歳であるから、二人が出会うことはなかった。この二人を比べたとき、知名度という点では、井月は一茶の足元にも及ばない。作った俳句の数も一茶はずば抜けて多い。しかし私は、井月の俳句も好きだし、何より彼の生きざまや人柄に惹《ひ》かれる。

井月は越後長岡の生まれで、若い頃江戸に出て学び、俳諧《はいかい》と和漢の優れた教養を身につけたという。武家の出であり、若い頃は腰に木刀を差していたとも伝えられている。

その後各地を巡り、三〇歳代の半ば頃になってふらりと信州に現れた。そして何が気に入ったのか伊那の地に住みついておよそ三〇年間、六六歳で死ぬまで伊那谷を放浪したのである。この間一度も自分の家を持つことがなく、俳友や弟子、それに知人の家を泊まり歩くという今では想像もつかない生活を送った。家を持てなかったと言った方が正確かもしれない。戸籍を持たない者が定住して家を持つことに関して、明治新政府は冷たかった。草庵《そうあん》を営むために、生まれ故郷の長岡へ戸籍をとりに行くようにと親しい仲間が送別会までして送り出すのだが、なぜか彼は途中から引き返して、また伊那へ舞い戻るのだった。

明治の初めころまでの彼は、多くの弟子や俳友を得てこの地における俳諧の宗匠《そうしょう》としての地位を確立したい、という野心もあった。しかしその夢も破れた晩年の井月は、好きな酒による中毒症状を呈するようになり、身なりにも無頓着になっていった。外見でしか彼を評価できない人々は井月を「乞食井月」「虱井月」と呼んであざ笑い、悪童たちから石を投げつけられることもあった。しかし井月の俳句や人柄を愛する人びとは、最後まで「井月さん」「先生」と呼び、彼の生活を支えた。

最後は行き倒れのような死に方であった。そんな彼の生き様にあこがれた種田山頭火《たねださんとうか》が、最晩年の昭和一四年五月に井月の墓参りに伊那を訪れたことはよく知られている。

井月の遺した作品は、江戸末期から明治初期にかけての俳諧の低迷期に、一条の光を放っているといわれる。また彼の書は、芥川龍之介が激賞したほどに美しい。

彼の死後、井月に関する記憶は急速に薄れていったが、大正一〇年に中沢村（現駒ヶ根市中沢）出身で芥川龍之介の侍医であった下島勲（空谷）が『井月の句集』を出版して彼を世に出した。今も伊那谷の各地に井月が一宿一飯《いっしゅくいっぱん》のお礼に書き残した流麗《りゅうれい》な筆致による俳句の短冊や屏風《びょうぶ》が多く遺されている。

若いころの井月については謎に包まれているが、晩年の暮らしや俳友との交流についてはかなりわかっている。それは彼が六二歳から六四歳までの約二年あまりの間の日記が発見されたからである。日記とはいっても弟子や俳友の俳句を記録するためのメモ帳のようなものである。しかしそこには単に俳句だけではなく、その日の天気、出会った人、宿泊した家、食事の内容、好きな酒や風呂が振る舞われたかなどがかなり几帳面《きちょうめん》に書かれているのである。彼の生活や交友関係、それに人となりを知るうえでの第一級の資料といえる。また彼に関する逸話《いつわ》も各地に残されていて、やや誇張されていることを割り引いても、人間井月の一端を知ることができる貴重な資料となっている（拙著『井月の日記』ほおずき書籍　参照）。

「千両、千両」は、井月が嬉しいとき、感動したとき、驚いたときの口癖である。「こんにちは」や「さようなら」の挨拶《あいさつ》もこの言葉で済ませた。彼の全財産は肩にかけた小さな行李《こうり》の振り分けと、腰にぶら下げた瓢箪《ひょうたん》だけである。振り分け荷物の中には、神とも崇《あが》める芭蕉の『七部集』と芭蕉の木像が入っていた。生きるのに必要なもの以外は身につけることがなかった。知り合いから折角いただいた羽織も、出会った乞食が寒そうだったからとあげてしまう。古着を頂くときにも「はい、お垢つき」と古くて汚れているものを選ぶ。その無欲無一物の生き方は驚くばかりで、修行した禅僧も及ばないほどである。ただ酒だけは例外で、晩年の彼にとって唯一のたのしみであり、酒さえ飲ませてもらえば「千両、千両」と大満足だった。

逸話の中に、ある家でうどんを振る舞われた時の話が残されている。この時の井月は余程腹が空《す》いていたのであろう、ひと口食べては「うまいなあ」また一口食べては「うまいなあ」と何度も繰り返したという。なんでもない話ではあるが、その時その時を大事にして生きる彼の素直で正直な性格があらわれている。私が好きな逸話だ。

江戸末期から明治の初めにかけては農村文化の隆盛期である。村祭りには神社の舞台で農民たちによる歌舞伎が奉納され住民を楽しませた。また、俳句熱も高まり、多くの農民が仕事の合間、仲間とともに疲れた体を寄せ合うようにして楽しんでいた。それは単に俳句を通じて風流を楽しむというのではなく、一種の競技であった。仲間内で俳句に優れた人を判者《はんじゃ》（点者）にして優劣を付けるという知的なゲームであった。そうした俳句熱の高まりがあったからこそ、伊那谷のような田舎で井月が三〇年にもわたる放浪生活を送ることができたのである。

乾《かわ》いた心

年をとることは怖くはない。死ぬこともそれほど恐れない。老いることや死ぬことは生物として自然な現象であり、何者も避けることは出来ないからだ。私が最も恐れるのは、生きながらにして美しいものを美しいと感じたり感動する心が失われること。

春の芽吹き、野辺や庭に咲く草花、秋の紅葉、そして日没後の山の端《やまのは》に見られる雲の彩り《いろど》の変化、心を揺さぶる音楽や映画、優れた小説、詩歌。そうしたものに接したとき、心が乾いて動かなくなることは、想像するだけで怖くなる。過去において体調が極度に悪いときにそうした経験をしたが、それが常態となることを恐れる。

加齢とともに物忘れがひどくなっても、それはそれで受け入れる用意がある。体のあちこちに故障が生じることも仕方がない。人生最後に寝たきりになることも覚悟しなくてはならない。だが、心が動かなくなることには耐えられない気がする。死を看取《みと》る医者の多くが、死ぬなら癌《がん》で死にたい、と言っているそうだが、死の瞬間まで正気でいたいという気持ちはよくわかる。

死に直面したときに限らず、年老いて心の潤《うるお》いを失い、物事への感動もなくただ本能的、即物的に生きる、そんな晩年は送りたくない。心が乾いて感動する気持ちを失うのは、生きながらにして死んでいると同じだからだ。

畏《おそ》れについて

子どもの頃、親や祖父母からよくこんなことを言われた。

「悪いことをすると、誰も見ていなくてもお天道様は見ている」

「悪いことをすると必ずバチが当たる」

「嘘をつくと閻魔様《えんまさま》に舌を抜かれる」

「川に小便をするとチンポが曲がる」

これらの警句は、子どもに悪いことをしないでまっすぐに育ってほしいという大人たちの願いから出た言葉である。今の高齢者にあたる人びとは、誰もがこんなことを言われながら育った。悪いことをしたり嘘をつくことへのためらいや畏れは、「バチが当たる」という観念とともに私たちの心の奥にまだ生きている。

「川に小便……」については、水道のない時代、川の水を飲み水として使うことがよくあったからこんな警句が生まれたのであろう。昔は井戸を持たない家もあり、その家は早朝に川の水を汲んでそれを飲み水として使った。井戸があっても干天が続くと井戸水が涸《か》れてしまい、川の水を使わざるを得なくなることがあった。だから川の水は常にきれいにしておかなくてはならない。

今の子どもたちに前述の警句を言ってもほとんど相手にされないし、馬鹿にされるのがオチである。今の時代、親も子どもも見えざるものへの畏れを知らない。私たちの世代と違って理屈に合わないこと、科学的に立証できない事柄には聞く耳を持たないのである。それはそれでいい面もあるのだが、その一方で我々の世代には馴染《なじ》みの薄い星占いや誕生月に基づく運勢に関心をもつ者が多いのは不思議な気がする。

畏れを知らない人間は傲慢《ごうまん》になりがちである。農業を経験した人は、人間の力の限界をよく知っている。人の力ではどうにもならないことが多いのが農業である。大きな自然の力の前に農民は無力であり、いくら努力しても人間の対応には限界がある。やるべきことをして後は自然任せ、神任せである。自然の猛威の結果、たとえ作物が壊滅的な被害を受けたとしても、農民は諦めるしかない。苦労を無にされたことに対して見えざる力を恨むことは決してない。もし怒りがあるとすれば、それは被害を最小限にとどめるための対応ができなかった自分への怒りである。

したがって農民は、人に対しては傲慢になり得ても、その生き方においては臆病であり、信仰心の厚い者が多い。その信仰も仏教とか神道といったものではなく、自然界を動かしている見えざるものへの畏れと祈りであり、また自分の原点であり田畑を守ってきた祖霊に対する信仰である。

しかし、農業が危機的状況を迎えている今、そうした心を持つ本物の農民も姿を消しつつある。結局、「お天道様が見ている」や「バチが当たる」という観念は農業と結びついたものであり、農業の衰退とともに消えていく運命にあるのかもしれない。それにしても、見えざるものへの畏れを知らない世代の行動には、時として危うさを感じるのは私だけだろうか。

三　死に至る道

不動明王《ふどうみょうおう》（伊那市長谷）

死の迎え方

目前に死が迫ったとき、人はどのような心構えで死を迎えるのだろうか。その場になってみなければわからないことではあるが、少し気になる年齢になった。

八〇歳が近くなると、死に向き合う場面が多くなる。身近な同年代の知人の死が報じられ、病気や怪我での入院や命にかかわる手術などが自分の周囲で多くなる。自分自身も体のあちこちに故障が生じ、以前は考えもしなかった「死」について、身近なこととして考えることが多くなった。

死は、誰に対しても確実に訪れ、逃れることはできない。秦《しん》の始皇帝《しこうてい》はあらゆる権力と富を手中にし、最後に「不老不死《ふろうふし》」の薬を求めた。しかし、彼とて「死」という運命から逃れることはできなかった。

したがって「死」を受け入れることは「諦める」ということである。来世の有無はわからないとしても、無限に生きることは諦めるしかない。しかし、それはわかっていてもその場になると「じたばた」あがくのが人間なのだろう。

死に直面した時の対応は様々である。最後まで現実と闘う人もあるだろうし、死を受け入れ、静かにまわりの人に感謝の気持ちと別れを告げて逝く人もある。修行した禅僧のように

「さて、死ぬか」とかっこよく死ぬのもありかもしれない。

死から逃れることができないとなると、重要なのは死に方や死に臨んでの心構えではない。高齢者といわれる年齢になってから死を迎えるまでの生き方であろう。人生の最終章である晩年をいかに生き、いかにまとめるかという問題がいちばん重要になる。

近年、「終活《しゅうかつ》」という言葉がよく使われる。この言葉は二つの意味で使われているように思う。一つは「立つ鳥あとを濁さず」の言葉通り、自分の死後、残された者へできるだけ迷惑をかけたくないという気持ちから身辺整理をすることである。遺産処理や身の回りの品物を処分するのがそれにあたる。

もう一つは、残された時間を「人生のまとめの期間」と捉《とら》え、やり残した仕事の整理や、社会への恩返しのボランティアに打ち込む、という生き方である。私は後者を重要と考え、自分でも実践を心がけるようにしている。

農家に生まれた私は、子どもの頃から朝早くから暗くなるまで働く両親を見て育った。父は九二歳で亡くなったが、働くことが楽しく、「働かざる者、食うべからず」を口癖にしていた。平成三〇年に一〇二歳で亡くなった母は、一〇〇歳になっても天気さえよければ終日飽くことなく畑や庭の草取りをしていた。

農業は定年のない職業である。体が動く限り土を耕し、力尽きたとき土に還る、というのが昔からの農民の生き方である。そうした一貫性のある生き方で終末を迎えるのも、立派な人生のまとめ方だと思う。

百姓は総じて貧乏性である。長い歴史の中で抑圧的《よくあつてき》に支配され、必死に働かなくては生きていけない環境が続いた結果でもある。そうした血が私の中にも流れていて、怠け者のくせに働くことへの執着がある。自由に、またのんびりと余生を送る環境に置かれても、おそらく落ち着かなくなり、また何かしら働くことを考えるようになるに違いない。父の跡を継いで農業を営む私のＤＮＡには、そうした貧乏性が組み込まれてしまっているように思えてならない。

若いころの労働は生活のためである。自分や家族の為に定年まで働く。しかし七〇歳を過ぎたら、人生の最終章をどのようにまとめ、どれほど有意義な時間を過ごせるか、という視点で捉え、実践したいと思う。

自死《じし》への誘《いざな》い

元東京大学教授で保守主義の論客、西部邁《にしべすすむ》（一九三九―二〇一八）の死は衝撃的だった。彼の死に様《ざま》は、時として私の頭から離れなくなることがある。自分の人生の幕引きを、みずからの意思で実行することへの憧《あこが》れと畏れが私の中にはある。

西部が自死をしてから数年が経つ。ロープの先端を木に結わえ、その一方の端を自分の体に巻き付け、みずから多摩川に入って溺死した。当時の彼は手が不自由だったため、自分ではロープを結ぶことができない。そこで彼は友人にその作業を手伝ってもらったのであった。川での入水自殺の場合、遺体を探すのはたいへんな作業で、最後は海にまで流れていく。ロープで体を結わえたのはそんな手間をかけさせたくなかったからであろう。死後のことまで考えての行動である。自分の体にしっかりとロープを結んでもらって自ら水に入るとき、彼の頭にはどんな思いが去来《きょらい》したであろうか。以前からの覚悟の行動でもあり、おそらく「これでよし」とうなずき、ゆっくりと川の流れに身を任せたであろう。後日、西部の自死を手助けした友人が自殺幇助《ほうじょ》の容疑で逮捕された（裁判では執行猶予付きの有罪判決）。

自殺は犯罪ではない。自分の人生を自分の手で終わらせることは、その人の権利であるといえる、しかし、自殺が確実に実行できるように手助けをすると、自殺という権利の行使を助けた行為が人命尊重という原則に反し、自殺幇助として犯罪になる。この矛盾は、個人の尊厳と人命の尊重という大きな命題がぶつかり合うことから生じるもので、永遠に論じられ答えのでないテーマである。

安楽死《あんらくし》の問題は古くから論じられてきているが、文学作品としてこのテーマを扱った最初の作品は森鷗外の『高瀬舟』であろう。弟の自殺を助け、苦しみから解き放った男が罪に問われ高瀬舟で大阪に送られていく話である。喜助という名のその罪人の表情は、護送役の同心が驚くほどに晴れ晴れしたものであった。

医療現場における安楽死の問題は、高齢化社会の進行とともに重要な課題になりつつある。治る見込みがない患者が痛みに苦しんでいる状況の中で、本人と家族が医療の打ち切りや安楽死を望んだとき、医師はそれにどう向き合うのか。患者の尊厳死の願いを受け止め、安らかな死に至る道を選んだ医師は、それなりの覚悟が必要である、法的な処罰や社会的非難に耐えなくてはならない。このように現在の日本においてこの問題は医師に判断がゆだねられている感があるが、本来的には国民全体とその代弁者である立法府に課せられた課題である。

薬物により死に至らせる積極的安楽死を法律で認めている国は、一九四二年に認可したスイスをはじめオランダ、ベルギー、ルクセンブルク、カナダ、大韓民国などである。アメリカ合衆国やオーストラリアではいくつかの州で認められている。

安楽死の問題は、人の終末期にあたって個人の尊厳をいかに守るかという問題でもあり、けして人ごとではない。尊厳をもって死ぬことを認められない社会にあっては、人は自死について真剣に考えざるを得なくなる。

さて、話を戻そう。西部は、なぜ死への道を選ぶに至ったのか。週刊誌をはじめ様々な人が論じている。脊髄《せきずい》の持病があって執筆活動ができなくなっていたことを理由に挙げる人が多かった。少数ではあったが思想家として行き詰まったのではないかという意見もあった。しかし彼の自死についてはある程度予想されていたことでもある。五〇代のころから自分の人生の結末について語っており、息子にも自殺を予告していたという。二〇一四年に妻に先立たれたことで自死の決意を固めたとも言われている。

保守主義ではあるが歯切れのよい彼の論峰は読む人や聞く人を魅了し、ファンも多かった。同じ保守主義の論客でも、雑誌「正論」や「諸君!」などで勇ましく論陣を張る保守派とは一線を画していた。我が国の核武装や徴兵制の施行を主張するなど、私にはとうてい同調できない主張も多いが、皇室に関して女性天皇や女系天皇制を認めるなど柔軟な発想もあった。

あるとき西部の娘さんがそのことについてテレビ取材に答えていた。彼女は、父が体の不自由なことを気にし、これから家族にいろいろな迷惑をかけるようになることを嫌ったのではないかという。これから長く続くかもしれない介護で家族に負担を掛けることが、西部にとって耐え難いことに思えたのだろう。

物事をあくまでも論理的に考える彼は、おのれの尊厳を維持し、家族にとっても迷惑をかけない道を彼なりに考えて選んだ結論だといえる。彼は著書の中で「死に方は生き方の総仕上げだ」と書いている。その意味で西部邁らしい人生の閉じ方であった、と私は思う。

母の介護

私の母きくゑは、平成三〇年、あとひと月で一〇三歳になる七月一九日に一〇二歳で亡くなった。死の前日には昼食をわずかに摂《と》ったが、夕食は食べようとしなかった。そしてその夜、誰にも気づかれないまま静かに逝った。

母が生まれたのは、第一次世界大戦の勃発した翌年、大隈内閣が中国に対して二一カ条の要求を突きつけ中国侵略が始まった大正四年の八月だった。生家の竹中家は農家で、子沢山で知られていた。きくゑは一二人兄弟姉妹の上から六番目の四女として生まれた。子どもの頃から働き者で、弟や妹の子守りや家事の手伝いをよくしていたという。彼女の仕事ぶりや忍耐強さは姉妹たちが一様に認めるところだった。

一八歳の時、同じ下手良の宮原家へ嫁してきた。宮原家にはすでに長男の文人のところへ姉けさのが嫁に入っていたが、子どもがなかったので兄と一回り年の違う次男和夫の嫁に迎えられたのであった。おそらく、性格のよさと働き者であることをよく知っている姉が仲介したのだろう。兄弟の所へ姉妹が嫁すというのは当時でもめずらしかったのではないだろうか。舅《しゅうと》はすでに亡くなっていたが、体の弱い姑《しゅうとめ》がいて何かと嫁には厳しかった。しかし大家族の中で育った彼女にとってそれは苦労のうちに入らなかったのではないか。戸籍上は姉夫婦の総養子だったが、義父や義母に対しては「兄さん」「姉さん」と呼んで慕っていた。義父の文人は人格者で、面倒な問題がおきると相談を受けて仲裁をするなど地域での信望が厚く、村議も務めた人である。夫の和夫は、昭和三年に上伊那農学校を卒業後、二十世紀梨の栽培を本格的にはじめ、伊那谷における果樹栽培のパイオニアの一人だった。

きくゑが嫁入りした頃の宮原家は、旧下手良村の村はずれにあって耕地も少なく、むしろ貧しい部類に入る農家だった。しかし働き者の二組の夫婦が稲作、果樹、それに養蚕に打ち込むことによって次第に土地が増え、終戦時には小規模ながら地主になっていた。

その母は痩《や》せてはいたが体は極めて頑丈な体質で、風邪さえ滅多にひいたことがなかった。そんな母が一〇〇歳の時、大動脈乖離《だいどうみゃくかいり》という難病にかかり入院した。石原裕次郎の死因となった病気である。安静の日々が続き、何とか退院したのは四〇日後である。しかしこの間に筋肉が萎縮し、それ以後寝たきりの生活を余儀なくされる。

自宅での介護はそれから二年あまり続いた。四世代の八人家族という今では珍しい大家族の中での介護生活が始まった。その頃の私は、退職して十数年たち、時間に縛《しば》られない農業に従事していたので、食事の介護は私が、下の世話と食事作りは妻が、という分担で介護ができた。

食事はベッドでするよりも家族と一緒がよいだろうということで、車イスに乗せて食堂へ移動し、全員で食べた。小学生や保育園児の孫たちは、母が食事の時に入れ歯をつけたり外したりする様子を見て、はじめ気味悪がっていたが、そのうちに慣れて、車イスを押したり食事の介護を手伝ってくれることもあった。こうした介護の経験は、子どものうちから慣れさせておくことが必要だ、とそんな光景を見て思った。

少しずつではあるが痴呆《ちほう》が進んだ。調子のよいときとそうでないときの差が大きく、私を死んだ弟と間違えることもあった。夜中にベッドから出て、這ったり壁づたいに徘徊《はいかい》することもあり、一度は窓から落ちて救急車で病院に運ばれたこともある。この時期が一番大変で、妻は母の部屋や隣の部屋で寝て母の徘徊を警戒した。その後起きあがることも難しくなると、かえって介護する側としては楽になった。

介護度五に認定され、ケアマネージャーが介護の計画を組んでくれる。週一回は社会福祉協議会の方々が回ってきて母の部屋で風呂に入れてくれた。風呂に入ると母は気持ちよくなって大便をすることが何度かあったが、若いスタッフは嫌な顔もせず処理してくれる。頭が下がる思いだった。今の介護用ベッドは微妙に動くので、床ずれの心配がない。近くの医院の看護師さんが毎週訪問してくれ、月に一度ではあるが医師も様子を見に来てくれた。こうした多くの方々の様々なサポートで介護ができたことは有り難かった。

途中で肺炎になり一〇日ほど入院した。それを含めた三回の入院で気付いたのは、病院と家での母の表情がまるで違うということである。病院では無表情の母が、家に帰ると顔の色つやもよくなり表情が出てくる。孫がふざけてちょっかいを出すと可笑《おか》しそうに笑う。食欲も病院にいる時よりもあった。

誰にも言えることだが、自分の家で人生の終末を迎えることができればそれに越したことはない。しかし、なかなかそう行かないのが現実だろう。我が家のように様々な条件が整っていることは誰にでも当てはまることではないからだ。

葬儀が終わった時、とうとう行ってしまったのかと寂しさも感じたが、それ以上に、母が苦しむことなく無事夫の元に旅立ったことでホッとした、というのが実感であった。家族も同じような気持ちだったように思う。そして、家族としてやれることは全てしてやれた、という満足感をもって母を送り出すことができたのは、嫌な顔一つせずに実の母のように介護をしてくれた妻がいたことが一番大きな原動力だったことは誰もが感じたことである。妻にはただ感謝あるのみである。

四　自然とともに生きる

中央アルプス空木岳《うつぎだけ》

カラスと知恵比べ

昔のカラスは、夜になると山のねぐらに帰った。しかし近年のカラスは山や森に帰らない。人里の電線に止まって夜を明かすのだ。暗くなりかけるころ、電線がたわんで切れるのではないかと心配になるほどのカラスの大群が集結し、そのまま夜を明かす。電線をつかんで不安定な状態で眠るより、森の巣や木の枝でゆっくり休んだ方がいいのではないかと思うが、それはカラスの勝手でしょ、ということか。

夕焼け小焼けで日が暮れて　山のお寺の鐘が鳴る
お手手つないでみな帰ろ　カラスと一緒に帰りましょ

最近聞かなくなった童謡だが、今の山寺は無住になっていたり、住職がいても鐘を鳴らさないところが多い。また、少子化で子どもたちが外で群れをなして遊ばなくなったから、遊び疲れた子どもらが手をつないで家路につく光景もない。同時にカラスも、都会の問題児のように家に帰らないのだ。昔から歌い継がれてきたこの童謡は、すでに現実からかけ離れてしまった。

わが家の裏の林に一羽のカラスが住みついている。はぐれカラスである。確認はしていないが、争いに敗れた雄であろう、群れから離れて一羽だけで生きている。

群れをなすカラスはやたらとうるさいし、いたずらをしたときの農作物への被害はきわめて大きい。農民にとっては天敵ともいえる存在だ。我が家の近くに住み着いているこのはぐれカラスは、それほど目に見えるいたずらをすることはない。人馴れしていて追い払ってもじきにやってくる。腹が据《す》わっているのだろう。トラクターで畑や田圃《たんぼ》を耕していると土の臭いをかぎつけて必ずやってくる。二、三メートルの近くまで来て、こちらの顔色をうかがいながら土中から出てくるミミズや昆虫を食べる。近くで見るカラスは、体の大きさに比べて頭や嘴《くちばし》がやや大きすぎる気はするが、結構かわいい顔をしている。全体としてはむしろ愛嬌があって決して悪者の顔ではない。羽が黒くて縁起が悪いという人もいるが、これもよく観察すると艶《つや》があって美しい。このカラスは、いつも一羽だけでいるのにいじけている様子はないのがいじらしい。時々、新たに耕された畑でダンスを踊るかのように飛び跳ねていることがある。一羽暮らしを楽しんでいるのか。こんな仕草《しぐさ》を見ていて、

「ひとり上手とよばないで……ひとりが好きなわけじゃないのよ」

という中島みゆきの歌を思い出して、つい笑ってしまった。

カラスほど賢《かしこ》い鳥はいない。ヘタをすると知恵比べで人間の方が負けることもある。大好物のくるみの殻《から》を割るのに、高いところから舗装《ほそう》道路へ落として割る、という話はよく知られ

る。それでも割れないときは自動車の轍《わだち》の所へくるみを置いて車に轢《ひ》かせて割るそうである。猟をしている人から聞いた話だが、猟銃を持っている人の車を見分けて、その車が来ると一斉に逃げるという。まさかその車のナンバーを覚えているのではないだろう。猟をする人はたいがい軽トラックを使い、荷台にいつも同じようなものを積んでいるから、そんなもので見分けるのだろう。今でもカラスは有害鳥として駆除の対象になっている。オリで捕えたり銃で撃ち落としたカラスの足と写真を市役所に持っていくとなにがしかのお金が支払われる。したがってカラスは銃を持っている人間をことさら警戒する。

都会でもゴミ集積所でいたずらをすることが問題になっている。群れをなすカラスの鳴き声は騒々しい。しかし農村でカラスが嫌われるのは、その鳴き声よりも農業の邪魔をするからである。カラスは雑食で、虫も食べるが穀物や果物も好物で人間様の食料と重なるのである。折角まいた種をほじって食べたり、収穫間近の穀物や果物を好んで食べる。そして賢いから余計に始末が悪いのである。

権兵衛が種播きゃカラスがほじる。

昔からカラスには手を焼いてきたが、数が少なかったから何とか共存してきた。それが近年のカラスは大群で人里に住みついて、時として農家に大きな被害を与える。スイカに穴をあけて食べたり、トウモロコシや落花生を食い散らかしたり、すでに農家にとって許容の限界を超えている。

対策が難しいのは、カラスが賢いからである。知恵比べを挑んでも彼らはなかなか乗ってこない。危険を察知するとするりと逃げる。大声で追うといったんは逃げるが、また仲間を連れて戻ってくる。人をおちょくって楽しんでいるところがある。

カラスの被害を防ぐには、知恵でカラスに負けないことである。カラスの被害を防ごうと畑をネットで覆う人もいる。たしかにこの方法をとればカラスは近づけない。しかしネットを張るための経費と労力はかなりのもので、そこまでしたのではカラスに負けたことになる。カラスに勝つためには彼らの賢さを逆に利用することである。

私のカラス撃退法《げきたいほう》を紹介しよう。

私がカラスの撃退でよく使うのは防鳥糸である。スイートコーン畑で収穫間近になったころ、畑のまわりをコーンの高さにぐるっとこの糸を張るのである。それも一本張るだけでい い。スイカや落花生もこの防鳥糸を地上から五〇センチほどの高さでまばらに張っておくだけでカラスは近づかない。カラスはこの糸を見て、近づくと自分の羽に絡《から》むのではないかと心配になる。要するに危機管理能力が高い。私はこの鳥のこの能力を逆手《さかて》にとってわずかな労力で被害をゼロに抑えている。これこそ人間様の勝利だ。自慢話のようになってしまったが、多くの人に知ってほしいカラス撃退法である。

カラスに比べ雀や鳩は利口な鳥ではない。ビニールハウスや作業小屋に飛び込んで、人が行くと出口がわからずに中で大暴れする。こういう鳥は、農作物にいたずらをするからといって撃退するのは難しい。物理的な対応しかない。全面に網を張るのが有力な予防法だが、たまには鳩がこの網に絡まって死んでいることがある。カラスと違って、知恵比べができない鳥はかえって始末が悪いのである。

ちなみに鳥の中で一番お馬鹿さんなのがダチョウだそうだ。図体は大きいが脳がまるで軽い。我が家では相手をけなすのに「ダチョウのようなお馬鹿さん」が常套語《じょうとうご》になっている。

鳶《とんび》の孤独

以前、我が家の周りで鳶をよく見かけた。家のちかくの電柱が気に入っているらしく、番《つがい》と思われる二羽が飛行に疲れると仲良く止まっていた。たまにしか鳴かず、しばらくそこで休んだのち、どこへともなく飛び去るのだが、いかにも長閑《のどか》な光景だった。

身近に接することのできる鳥の中で、燕《つばめ》とともに鳶は私の好きな鳥だ。群れをつくることはなく、番で行動するか一羽だけで飛行する。空高く、風に乗ってゆったりと飛ぶその姿は、孤高の鳥、といった感じで、子どもの頃から空への憧れをかき立ててくれた。風に向かって高く舞い上がり、追い風に乗って急降下する。羽ばたくことの少ないこの大型の鳥は、まるでグライダーのようだ。この鳥の飛行を見ていると、つい、むかし覚えた童謡を口ずさみたくなる。

「飛べ飛べトンビ　空高く……」

蛙や野ネズミなどを餌とする肉食鳥だが、同じ肉食鳥でも鷹《たか》や鷲《わし》のような精悍《せいかん》さもどう猛さも感じさせない。おっとりと空を飛行し、時々カラスに追われて逃げまどう弱さもある。一回り体の小さなカラスは群れをなす鳥であり、鳶が近づくと群の中から数羽が飛び立って必ずちょっかいを出す。攻撃するのはカラスで、鳶はひたすらそれをかわすだけである。そんな光景を見ていると、つい自分とトンビを重ねてしまい、「図体が大きいんだからたまには反撃しろよ」と言いたくなる。

六月のある日の早朝、私はその鳶の鳴き声で目が覚めた。それは鳶特有のゆったりした鳴き声ではなく、鋭く、絞り出すような声だった。気になった私は起きだして声のする方を探した。いつも番でいた鳶がその朝は一羽だけだった。電柱に止まってしばらく鳴いていたが、やがて東の空へ飛び去っていった。　おそらくいつも一緒にいた相手が、何らかの事故で死んだのであろう、鋭くも悲しげな鳴き声が、しばらく私の耳から離れなかった。

その後、しばらくの間は例の電柱の周辺で鳶の姿を見ることはなかった。番で行動する鳥が、相手を失ったときの寂しそうな姿には痛ましさを感じる。

数年前、裏の林に巣を作って住みついていた野鳩の番の片方が死んだ時にもそのことを感じた。その鳩は鶏小屋の周辺でこぼれた餌をついばんだり、蔵の前の精米機のまわりで米を食べていた。人にも馴れて、私が近くを通っても逃げようとしなかった。それがかえって災いしたのであろう、鶏小屋の近くで多量の羽を残して一羽が姿を消した。鶏の餌を食べにきたところを、猫に襲われたのであろう。我が家の周辺はやたらと猫が多く、飼い猫を含めて家のまわりを常時五、六匹が徘徊している。

一羽になった鳩は、寂しげではあったが、それでも餌を求めて鶏小屋や蔵の前によく姿を現した。ひところまた二羽で来ることがあったので、新しいパートナーを見付けたな、と思っていたら、また一羽になって今に至っている。逃げられたのだろうか、人間と同様、鳥の社会もいろいろあるのだろう。

燕と雀は仲が悪い

家燕《いえつばめ》と雀の仲が悪いことをご存じだろうか。

この二種類の小鳥には様々な共通点があるが、その中で一番重要なのは両者ともにあたかも人間に寄生するかのように人間の周辺で生きていることである。山や人里はなれた林に巣を作るのではなく、人間の住居の軒や家屋の隙間に巣を作る。体が小さく鋭い嘴《くちばし》もないこの鳥たちは、そうすることで身の安全を守っているのであろう。

この両者の仲が悪いと言っても、意地悪をするのは雀の方で、燕が雀に何らかの嫌がらせをするのは見たことがない。雀たちに一方的に非があるのは見ていてわかる。渡り鳥である燕に対して雀は、通年住みついていることから来る縄張り意識が強いのだろう。さらに夏の間だけやってくる燕は、いわば別荘族のようなもので、雀にとってなにかと我慢できない存在なのか。

五月の中ごろになると北からやってきた燕が家の軒に巣を作り始める。すると雀が隙を見て巣を崩そうとしたり、出来上がる寸前に巣の中にワラやごみをあふれんばかりに投げ入れて住めなくしてしまう。

姿のかっこよさや飛び回る早さについて、燕は雀の敵ではない。玄関に巣を作っても、人間様は大目にみていることも雀には気に入らない。雀が玄関などに巣を作ろうものなら、人間は間違いなく巣を棒で突つき落としてしまう。見つかれば、卵があろうが愛するタチンコ(ひな)がいようが、容赦なく落としてしまうだろう。

一方の燕は、どちらかというと人間に愛されている。飛ぶ姿の美しさもさることながら、低空で人に戯れるかのように飛び回るのも可愛がられる理由である。人が近くにいても騒がないし逃げない。そうした人なつこさは人間を信頼していることの表れのように見える。玄関に巣を作ることが多いのも、ここが最も安全な場所だからであろう。電線に止まっておしゃべりしている姿もかわいい。

燕は毎年巣を作る家がほぼ決まっている。そんな家では、夏を運んでくるかのように燕が渡ってくるのを心待ちにしている。何らかの理由で燕が来ない年があると、燕に嫌われたのではないかと気にしてしまう。まるでその家の幸せを運んでくる縁起物《えんぎもの》のような存在になっている。

燕は、空中を飛び交う虫を食べてくれるので益鳥であるが、雀は、稲の穂ばらみ期に群れをなしてやってきて、米になるはずの果汁を吸ってしまい、農家に被害を与える。しかしそれ以外では、家のまわりや畑で小さな害虫を毎日食べてくれる。だからどちらかというと益鳥の類である。しかしそれにもかかわらずそれほど人に好かれていない。

私の子どもの頃はよく雀を捕まえては食べていた。

素早く逃げる雀を捕まえるのは難しい。しかし、冬になり雪が降って彼らの食料が乏しくなったときがチャンスであり、この時期をねらって捕獲する。その方法には「首っちょ」と「ひっ伏せ」の二通りがある。

「首っちょ」は、雀が止まりそうな木に馬のたてがみや尻尾《しっぽ》の毛で作った罠《わな》をいくつか仕掛けたワラ束を結わえ付け、そこに雀の好きな稲穂を刺しておくのである。腹の空いた雀は稲穂を食べようとやってきて、馬の毛で作った輪に脚や首が絡む。すると輪が締まり逃げられなくなる仕掛けである。群れが飛んでくると一度に何羽も捕らえることができる。

「ひっ伏せ」はやはり雪で銀世界となったとき、蔵の軒や犬走りに米をまき、そこに養蚕で使う籠《かご》などをかぶせ、片方をつっかえ棒であげておく。そのつっかえ棒に結わえたひもの延長を家の中までひいておく。そんな仕掛けをセットしたあと、雀が米を食べにやって来るのをじっと待つ。なかなかやってこないのであるが、その待つ間が楽しいのである。やがて雀が数羽やってきて、警戒しながら様子をうかがう。そのうち数羽が恐る恐る籠の下の米をついばみはじめる。この時あわててひもを引くとたいがい失敗する。しばらく警戒しながらえささを食べているうちにだんだん警戒を解き、外で様子をうかがっていた仲間も食事に加わる。その時がチャンスで、思い切りひもを引く。手応えがあると、走っていって伏せた籠の中に雀がいるかを確認し、中でもがいている雀を下から手を入れて捕まえる。この時が難しく、慎重にやらないと手を入れた途端、隙間《すきま》から獲物が逃げてしまう。うまくいくと一度に二羽、三羽まとめて捕れることもある。当時の田舎の子どもはたいがいこの経験があり、学校で昨日は何羽捕ったぞ、等と自慢しあったものだ。

こうして捕まえた雀を囲炉裏で焼き鳥にして食べるのである。いまでは本物の焼き鳥は貴重でなかなか口にすることはないが、肉の乏しかった時代、これは最高のご馳走であった。そんな虐待《ぎゃくたい》の歴史をもつ雀であるが、懲《こ》りずに、今日も家のまわりで騒いでいる。

犬を護る猫

猫が犬に襲いかかる光景を見たことがあるだろうか。

私は二〇年ほど前、我が家の猫が猛然と近所の大型犬シベリアンハスキーに飛びかかり攻撃するのを目撃した。それは今でも忘れられないシーンである。

その猫は、トラと名付けられたメス猫で、二男が高校の通学途中に、雨の中で鳴いているのをかわいそうに思い拾ってきたものである。拾ってきたばかりのこの子猫は弱々しく、勇ましい虎とは無縁ではあったが、毛並みが虎斑《とらぶち》であったからこう名付けられただけである。我が家では、昔から何匹もの猫を飼ってきているが、そのほとんどが捨て猫である。農家には鼠《ねずみ》が多く、穀物を食い荒らしたり天井裏で夜中に騒いだりする。猫がいることによって被害をある程度食い止めることができるから、多くの家で猫を飼っていた。エサはもちろん残飯《ざんぱん》である。

この捨て猫を飼うことに妻は反対した。子猫のうちは可愛いから子どもたちも世話をするが、大きくなるにつれて世話をするのは大人の仕事になることが自明《じめい》だからである。結局子どもたちに押し切られて飼うことになった。そして、妻が予想したように、大方の世話は妻の仕事になった。おとなしい猫で、すぐに我が家に馴染んだ。とりわけ飼うことに反対した妻になついて、夜は妻の腕枕《うでまくら》でなくては寝なくなったほどである。

トラが我が家の家族になって半年ほどたったころ、私はたまたま寄ったペットショップでメスの子犬を買った。柴犬の雑種で五〇〇〇円だった。前に飼っていた犬も柴犬で、死んでから一年ほどたち、なぜか私も子どもたちも寂しい思いをしていた。早速犬小屋を作り、子どもたちと相談して名前は前の犬と同じ「ベル」にした。気の弱い犬で、我が家に来てから寂しいのか小屋の中で泣き続けた。いつになったら泣き止むのだろうと心配していたある日、突然子犬が泣かなくなった。ようやく落ち着いたのかと小屋に行ってみると驚いた。猫のトラが犬小屋に入って二匹が丸くなるようにして寝ているではないか。犬と猫の関係についてはそれほど悪くないと思っていたが、あたかも姉が妹を守るかのようにして一緒に寝る姿を目の当たりにすると、それは驚きであった。ほほえましくも感動的な光景であった。半年ほど早く拾われてこの家の家族になった猫が、あとから来て悲しげに泣く子犬を優しく慰めるなどという話は聞いたこともなかったからだ。

二匹のそんな関係はしばらく続いた。

それから一年ほどたったある日、近所で飼われていた大型犬シベリアンハスキーが、繋《つな》がれていた鎖がはずれたらしく我が家に迷い込んできた。今では少なくなったが、当時はこの大型犬に人気があった。このシベリアンハスキーが犬小屋へ来て我が家のベルにじゃれついた。当の大型犬にしてみれば遊んでいるつもりだったろうが、気の弱いベルは恐れをなしてただ悲鳴を上げるのみだった。見ていた私も少し怖かったが、この二匹の犬を引き離さなければと思った。

その時である。ベルの悲しげな鳴き声を聞きつけて走ってきたトラが、いきなりこのシベリアンハスキーの背中にに飛びかかったのである。愛しい妹である子犬のベルを救おうととっさに取った行動である。

不意をつかれた大型犬は、背中をかみつかれて驚いたのであろう、ベルへの遊びはやめて背中に乗った猫を睨《にら》んだ。犬と猫の目線が合った瞬間、トラは我に返って飛び退《の》き、あわてて近くの檜《ひのき》の木に駆け登った。それはまさに一瞬の出来事だった。シベリアンハスキーはしばらく木の上を睨んでいたが、やがて興ざめしたかのようにその場を立ち去った。当のトラは、我に返ってみると自分のしたことの恐ろしさに気付いたのであろう、そのあと半日ほどその木から下りてこようとはしなかった。

そのトラは、八歳になったころ病気が進行し歩行が難しいほど衰弱した、そしてある日、死に場所を求めて忽然《こつぜん》と姿を消した。猫は死期が近づくと家を出て、飼い主に死んだ姿を見せないというが、その通りだった。

犬のベルは一七歳まで生き、癌でなくなった。遺体は我が家の裏庭、梅の木の下に埋められている。

すでに過去の話になってしまったが、あたかも姉妹のような猫と犬の関係は、感動の逸話として我が家では今も語り継がれている。

テリトリー

ベルが死んだあと一年ほどしてまた犬を飼い始めた。やはり柴犬で今までと違いオス犬である。今までの犬と違うのは、散歩に連れて行くとあちこちでマーキングをすることである。私は自分の健康のために犬を連れ出すのだが、彼は道路の辻やあちこちの目立つ場所に立ち止まって片足を上げるものだから、こちらは運動にならない。

オスは自分の縄張り(テリトリー)を持とうとし、それを守るために他のオスと激しく戦う。

犬や猫に限らず自然界の動物に共通して見られることである。猿などの群れをなす動物も、自分たちの縄張りの維持と拡大に多大なエネルギーを費やす。

一方、メスにはあまり排他的な縄張り意識はないようだ。優れた子孫を残すために、強いオスを受け入れる。テリトリーではなく家族を守るのに必死に戦う。オスと一緒になって侵入者と戦うことはあるが、あくまでも防衛的である。子どもを置いたまま戦いに出かけることなど考えられない。基本的にメスは平和主義者である。

翻って人間社会はどうかと考えたとき、多くの共通点があることに気付く。人間のオス(男)には本能的な縄張り意識があり、そうした意識の延長線上に、地域間の抗争や国家間の紛争・戦争がある、と考えるのは考え過ぎだろうか。大きなトラブルを起こすのはたいがい男だからである。

女性は旦那を蹴飛ばしたり女同士の口争いはするが、地域間や国家の争いは好まない。戦争を好む女性は極めて少ない。

このことから得られる教訓は一つ、戦争をしない平和国家を実現するためには、村からはじまって国に至るまで議会議員の半数以上を女性にすることだ。女性が立法府の中心になれば、争いは少なくなるだろうし、よもや国民を戦争に駆り立てるような愚かなことはしない。我が国でも都道府県知事や市長などに女性が選ばれることはある。しかし首長だけではダメで、立法府を女性が握らなくては実効性がない。首長だけではサッチャーのように女性の本能が欠落したような女性が出て来ることがたまにあるからである。その点、議会を女性が握っていれば安心である。
軍事費に無駄な金を使わないためにも、また世界平和のためにも、今こそ女性の出番ではなかろうか。

翁草《おきなぐさ》

翁草は今では貴重な植物になってしまった。絶滅危惧種《ぜつめつきぐしゅ》に指定されているという。その昔、私達が子どもの頃は田圃の土手や草原にたくさん生えていて、決して珍しい草ではなかった。毒草でもあり、どう見ても美しいという花ではないが、翁草というその名前も含めてなぜか気になる草である。東北地方ではこの草を「うずのしゅげ」と呼んでいる。宮沢賢治はこの花が好きで「おきなぐさ」という童話を書いている。その一節を紹介しよう。

まっ赤なアネモネの花の従兄、きみかげそうやかたくりの花のともだち、このうずのしゅげの花をきらいなものはありません。

ご覧なさい。この花は黒朱子ででもこしらえた変わり型のコップのように見えますが、その黒いのは、たとえば葡萄酒《ぶどうしゅ》が黒く見えると同じです。この花の下を始終往ったり来たりする蟻に私はたずねます。

「おまえはうずのしゅげはすきかい、きらいかい」

蟻は活発に答えます。

「大すきです。誰だってあの人をきらいなものはありません」

「けれどもあの花はまっ黒だよ」

「いいえ、黒く見えるときもそれはあります。けれどもまるで燃えあがってまっ赤な時もあります」

「はてな、お前たちの眼にはそんなぐあいに見えるのかい」

「いいえ、お日さまの光の降る時なら誰にだってまっ赤にみえるだろうと思います」

「そうそう。もうわかったよ。お前たちはいつでも花をすかして見るのだから」

「そしてあの葉や茎だって立派でしょう。やわらかな銀の糸が植えてあるようでしょう。私たちの仲間では誰かが病気にかかったときはあの糸をほんのすこしもらって来てしずかにからだをさすってやります」

「そうかい、それで、結局、お前たちはうずのしゅげは大すきなんだろう」

「そうです」

「よろしい。さよなら。気をつけておいで」


翁草の花はうつむき加減に咲き、花が終わると綿毛が開出して風で種が遠くに運ばれる。翁草の名前は、この綿毛で覆われた姿が翁に似ているからだという。

妻はいろいろな植物を庭で育てているが、この翁草にも興味を持ち、知人から苗や種をもらって挑戦している。昨年ようやく四株から三〇あまりの赤紫色の花が咲き、嬉しくて人が来ると見せていた。肥沃な土地を嫌い、陽当たりの良い痩《や》せた砂混じりの土が適しているようである。

その他にも以前は山野でごく自然に生えていた草花で、知らないうちに姿を見かけなくなった草花がある。

私が子どもの頃、お盆が近づくと山や原野へ入り、ご先祖様を迎える盆棚《ぼんだな》を飾るための草花を採った。茅《かや》や桔梗《ききょう》、オミナエシ、ワレモコウ、蛍袋《ほたるぶくろ》（伊那地方ではアメップリと呼ぶ）などであるが、茅を除けば今は山へ行っても見ることはない。乱穫が原因なのか、それとも手入れがされないため山が荒れてしまったことによるのかよくわからないが、おそらくその両方によるものだろう。

盆花採取は子どもの仕事で、沢山採って帰ると親に褒《ほ》められるので夢中になって集めた。そうした記憶が鮮明に残っているから、いま山へ行ってもそうした草花に会えないと思うと寂しい気がする。今では、仕方なしに庭のあちこちに桔梗やオミナエシ、アスター、百日草《ひゃくにちそう》などを植えて利用している。盆花がこのように育てる、あるいは買う草花になり、また一つ、農村の子どもたちが自然と親しむ機会を失ってしまった。

庭で育てる桔梗は、生育がよいので開花が早い。お盆には花が終わっていることが多い。そのため新芽がある程度伸びた段階でハサミで芯《しん》を止める。そうすることによって遅れて出てきた芽が丁度お盆のころ咲く。そんな工夫もしている。

桔梗と並んで盆花に欠かせないオミナエシは気難しい植物で、庭に植えておいてもその環境が気に入らないと消えていってしまう。上手に育てている知人から株や種を分けていただき増やしているが、この花も、昔は山野へ入ると普通に咲いていた。

盆花に限らす薬草であるゲンノショウコを採取したりワラビやゼンマイを採るなど、昔の子どもたち誰もが経験していた自然と関わる機会が今の子どもたちにはない。今の若者に、自然の恵みや自然保護の大切さを説いてもうまく伝わらないのは、そうした体験がないからだろう。

我々の育った時代は、経済的には貧しかったが、自然とのつながりの面では恵まれた時代であった。現在、家の中に閉じこもりがちな子どもたちを自然の中に返す、という取り組みが行われてはいるが、あまり広がりを見せていないのは残念である。子どもたちを自然に返し、野性を取り戻すにはどうすればよいのだろう。

箒草《ほうきぐさ》

農村の年配の人であればたいがいの人が知っている箒草と呼ばれる草がある。「ははきぎ」の別名を持ち、古くは食用にもされていたといわれる草である。名前の通り掃除に使う草箒の材料になるものである。家の中の掃除に使う床箒と違って、この草箒は適度な腰の強さとしなやかさがあり、昔は土間や庭の掃除に欠かせないものだった。我が家では今もこの箒を重宝《ちょうほう》して使っている。この他に外箒用として竹箒があるが、これは石間《いしのま》の道などの掃除によく使われる。

箒草は一年草だが、植えたり種をまいたりしなくても自然に落ちた種から毎年生えてくる草で、道端や畑の土手などで勝手に生きている。よく伸びると大人の背丈《せたけ》を越えることもある。この草が生長しきった頃、まだ青いうちに根元から切り、太いところの枝を切り落としてそのまま、あるいは数本束《たば》ねるだけ、という簡単な製法で誰でも作ることができる。土間などに使う草箒は、一本で作るほか細い枝を数本束ねて作り、庭掃除用には太くて大きな草一本で作る。昔はどの家にもあったものだが、今はあまり見かけなくなった。これは農家に土間がなくなり農作業をする庭もなくなった、という生活の変化によるものであろう。また、スーパーへ行けば洒落《しゃれ》た形の箒が安く買える、ということもある。

我が家では、毎年ではないがたまにこの草箒を作っていて、欲しい方にはあげようと思うのだが、希望者はいない。こうした簡単な道具も、農村における伝統的な生活文化だと思うのだが、やがては消えていくのだろうか。子どもの頃から使い慣れてきたこうした生活用品が姿を消していくのは寂しいことである。せめて我が家では受け継いでいきたいと思っている。

箒草のほかに利用できるのがアカザである。この草は雑草の代表格で、生命力や繁殖力が強く、畑に生えるとすぐに大きくなるため農家からは最も嫌われている。大きくなったアカザは、手で引き抜くのが難しいほど根を張り、放っておくと人の身長をはるかに越えていく。耕作を放棄した畑では、この草が我が世の春を謳歌している。

このアカザの強靭《きょうじん》な幹を使って杖を作るのである。畑の土手に生えたアカザをそのまま生長させる。秋になってこの草が枯れる前、根元から切って枝を取り除くだけで簡単に作ることができる。長さも自分にあった長さにすればよい。これが軽くて強いので極めて使い勝手がよいのだ。器用な人はこの草が小さい頃根元に石を置いてその重みでわずかに曲がる工夫をしている。そうすることによって握りの部分が少し曲がって洒落《しゃれ》たステッキになる。雑草を利用したこうした工夫も、生活の中から生まれた農民の知恵と言えるだろう。

民間薬

半世紀ほど前までの農家には、どの家でも何かしらの傷薬や腹痛、熱冷ましの民間薬があり、お金のかかる市販の薬はむしろ補助的に使われていた。農家の軒先にはゲンノショウコやドクダミが吊るされ、薬箱にはクマノイと呼んだ乾燥された熊の胆嚢《たんのう》があった。

ゲンノショウコは、今でこそあまり見かけなくなったが、昔は山野に広く生えていて、これを採取するのはたいがい子どもの仕事だった。同じような形状の草もあり、それをきちんと見分けることができる年長の子どもが小さい子どもを指導しながら採取した。下痢をしたときに、乾燥して保存されていたこの草を煎じて飲むのである。よく効いたことから「現証拠《げんのしょうこ》」の名が付いたと言われる。

ドクダミは血液をきれいにする薬草として飲用されていた。乾燥したこの草を煎じて飲むことは広く行われていたが、近年はあまり利用されないようである。我が家でも以前は祖父たちが日常的に飲用していた。そのかわり今は蜂や蚊に刺されたとき、ドクダミの葉を揉《も》んで押し当てるという使い方をしている。しばらく押し当てているだけで不思議とその後の腫《は》れやかゆみが抑えられるのである。放っておくと庭を占拠するのではないかと思われるほど勢いのあるドクダミは、今では嫌われ者になっていることが多い。しかし場所を限定して生やしておけば意外と役立つのである。

クマノイは胃痛の特効薬として貴重だった。強烈な苦さを持つこの薬は、嘗《な》めるとしばらくは舌のしびれが取れない。胃痛を治すというよりも、この苦さで胃の感覚を麻痺《まひ》させるのではないだろうか。私が小さかった頃、いつまでも母の乳を飲みたがるのをやめさせようと、母が乳首にクマノイを塗って成功した、と後年母から聞いたことがある。今ではほとんど民間では使わなくなったが、昔は貴重品であった。秋田のマタギが熊を追い求める一番の理由は、毛皮よりも高値で売れるこの胆嚢であったという。

赤蜂やまむしの焼酎づけを保存している家もあった。これらは火傷《やけど》の特効薬として、また精力剤として利用されてきた。毒蛇であるまむしは、昔は何処にでもいて噛《か》まれたら早く血清注射を打たないと死ぬこともある、と言われて恐れられていた。しかし、今ではこの蛇の姿を見ることもまれになった。赤蜂の焼酎付けは、今でも使っている人がいる。

傷薬として昔から使われてきたのが「ナメクジの油」である。食用油にナメクジを入れ発酵させたものだが、我が家では傷の特効薬として使われてきた。どんな深い傷でも、この油を塗っておけば化膿《かのう》することはなかった。したがって梅の木やさつまいも畑でナメクジを見つけると、すぐに捕まえて昔からの薬ビンの中に入れて補充したのだった。ただし、この薬は強烈な匂いがするのが欠点で、人前に出るときなどは使うのをためらった。

昔から受け継がれてきた民間薬も、今ではわずかに高齢者が使うだけである。民間薬は科学的にその薬効が証明できないものが多く、今は化学的に合成された薬を使う人がほとんどである。しかし農民の経験と知恵が生み出し継承してきた民間薬の中には優れたものもある。いつかまたこうした薬に光が当たる日が来るかもしれない。

ヰタ・セクスアリス

人間の生殖活動は、もっぱら医学や生物学の分野で扱われる。そしてその前提になる男女の性的な欲望については文学その他の芸術の主要なテーマになる。

森鷗外は明治四二年、「ヰタ・セクスアリス」を「スバル」七号に発表した。自らをモデルにした六歳から二一歳までの性欲史で、その爽《さわ》やかで明るい描写が話題になった。しかし、当時の鴎外は陸軍省の陸軍軍医総監《ぐんいそうかん》という要職にあり、この作品が上官の目にとまり、厳しく叱《しっ》責《せき》されるとともに、この雑誌は発禁《はっきん》となった。彼の著作の中ではかなりユニークな作品ではあるが、当時の文壇における人間の官能的一面だけを露骨に取り上げる自然主義に反発し、それに挑戦する意図でこれを著したと言われる。私はこの作品を学生時代に読んで強い印象を受けた記憶がある。

唐突な書き出しではあるが、ここで私は自分の性への目覚めや性欲史を語るつもりは毛頭ない。自然界を成り立たせている様々な生殖活動について書いてみたいだけである。

農業は自然界のそうした生殖活動を巧みに利用した産業である。こうした視点から農業が論じられることはあまりないので、私の農業体験から少し触れてみたい。

植物の世界における生殖活動は、「受粉」という言葉で表現される。おしべの花粉が子房《しぼう》の先端にあるめしべに付着することによって受粉が成立し、そのめしべに付随した子房はやがて実になる。穀物をはじめ果樹や果菜類は全てそのメカニズム上にある。

植物の中には、数は少ないが雌雄異株《しゆういしゅ》の作物がある。キウイフルーツや銀杏《いちょう》などがそれで、雄株《おかぶ》と雌株《めかぶ》の別があって雌株だけでは実を着けることができない。そのため雄株も一緒に植えなくてはならない。しかもどんな雄株でも良いというわけでもなく、開花時期がほぼ同じであることや相性《あいしょう》がいいことも求められる。相性が悪いとうまくいかないことがあるという点は人間にも共通していて面白い。

桃、ネクタリン、栗、ナツメ、ざくろなどは、自家結実性《じかけつじつせい》が高い、と表現されるが、一本だけで充分実を着けることのできる植物である。その一方でサクランボのように自家結実性が低いため品種の異なる木を混植《こんしょく》しないと十分に結実しない植物もある。サクランボで人気のある佐藤錦《さとうにしき》は、高砂《たかさご》やナポレオンと相性がいいので一緒に植えられることが多い。

梨《なし》やリンゴなども、品種の違う、しかも相性のいい受粉樹《じゅふんじゅ》（交配木《こうはいぼく》）を植えるのが一般的である。ブルーベリーは一品種だけでは結実が悪い。カリンは一本だけでよいが、よく似たマルメロは自家結実性が低い。梅の場合、梅干し用として人気の高い南高梅《なんこうばい》は、花粉は多いが矢張り受粉樹が必要である。スモモやプルーンは一本でも実を着けるが、二種類以上を組み合わせると確実である。同じ仲間の桃、杏、梅などが近くにあれば、それが受粉樹になる。

受粉を自然に任せるだけでなく、相性のいい植物のおしべの花粉を集めて人間が受粉させる「人工授粉《じんこうじゅふん》」は、農家にとってごく普通の栽培技術になっている。リンゴや梨の栽培農家にとって、結実を確実にし良い実を確保するために人工授粉は欠かせない作業である。

野菜の中でもイチゴ、ズッキーニや西瓜《すいか》も人工授粉が行われている。イチゴ栽培における受粉はきわめて重要な作業である。イチゴの花は、その中心部に二〇〇から五〇〇個のめしべがあり、その全てが受精しないと形の良いイチゴにならないからである。施設でイチゴを栽培する農家では、省力化のために養蜂家から密蜂《みつばち》を借りて受粉させることも普通に行われている。

西瓜もイチゴも人工授粉は花粉がよく出る朝の九時までに済ませなくてはならない。西瓜の場合、人工授粉は収穫時期を確実にする目安《めやす》になる。西瓜は受粉してからほぼ五四日で完熟するので、私は授粉の時、日付をその花の近くに書いておき、五四日目を過ぎてから収穫するようにしている。そうすることで間違いなく美味しい西瓜が食べられる。

動物の生殖活動は「受精《じゅせい》」と呼ばれる。我が家で以前飼育していた牛、めん羊、山羊《やぎ》、について体験したことを書いてみたい。

牛のような大型動物の場合、交尾《こうび》ではなく、希釈《きしゃく》され冷凍状態の精液を取り寄せ、雌の発《はっ》情《じょう》時期を待って人工的に膣《ちつ》の奥へ注入する、いわゆる「人工授精《じんこうじゅせい》」という方法で行われる。一般には「種付け《たねつ》」と呼ばれる作業である。牛の発情時期を正確に把握することはかなり難しく、熟練した技術が求められ、失敗も多い。人工授精師の腕だけでなく牛そのものに種付けの難しいものもあり、乳牛の場合は肉牛に回されることが多い。乳牛は仔牛を出産してはじめて牛乳を出すからである。仔牛の出産には何度も立ち会ったが、難産も多く、死産や母親の死も経験した。逆子《さかご》の時など数人掛かりでわずかに出てきた仔牛の足を引っ張って出すこともあった。

めん羊は数頭の雌とは別の囲いの中で雄を一頭飼育していた。九～一〇月になると雌の発情時期を見て一緒にさせ交尾をさせた。出産は二～三月である。雄は体格がよく気性も荒かったので子供心に恐ろしかった。たまに強烈な頭突きで囲いを壊して脱出することもあった。交尾の対象になった雌も、恐ろしさのあまり逃げまどうこともあった。

出産した仔羊は、やがて尻尾が切り落とされる。断尾《だんび》と呼ぶが、昔は大きな釘抜きのような道具（挫切挟）を火で焼いて尻尾の根元から切り落とした。私も手がけたことがあるが、仔羊の悲鳴と焼けた肉の匂いでいたたまれない思いをする辛い作業である。今も広く飼われている乾燥地域ではこうした残酷な処置はしない。日本のように湿度の高い場所で育てるには、湿った糞が尻尾に付いて団子状態になり、ウジがわくなど衛生的に悪く、また羊毛の質を落とすことになるために行わざるを得ないのである。しかし今は、断尾用のゴムリングを使って仔羊の負担を軽くしているようである。

山羊は、品種にもよるが人間と同じように通年して発情期がある。周期は二一日で発情の持続期間は二四～四八時間である。しきりに鳴いたり尻尾を振って落ち着きがなくなるのが特徴で、この期間を逃すことなく交尾させる。順調にいけば毎年一度は子を産ませ、通年で山羊の乳を飲むことができるのである。

山羊を飼う最大の目的は乳を生産することであるため、普通の農家では雄は飼わない。雄は村の中に一頭いるかいないかの程度である。したがって山羊が発情期を迎えると雄を飼っている農家まで連れて行き、何かしらの謝礼をして交尾をさせて貰うことになる。我が家の場合、隣村に雄がいて、そこへ通った。山羊の足で一時間はかかる道のりであったためか、この仕事は子どもの私が受け持たされた。相手は大きな雄山羊で、我が家の小さな山羊は怖がって逃げ回った。最後は人間が押さえつける中で交尾が行われたが、その時の雌山羊の悲痛な鳴き声が今も耳の奥に残っている。当時の私には、そこで行われていることがどんな意味を持つものか理解できず、ただ我が家の山羊がかわいそうとしか感じられなかった。今から思えば、子どもの立ち会う場面ではないと思うのだが、当時の親たちはあまりそうしたことへの配慮はなかったとしか言いようがない。

産まれた子山羊のその後であるが、雌の場合近所からの貰い手があったが、雄は業者によって引き取られていった。そのまま肉にされたのか、山羊肉を食べる習慣のある沖縄へ連れて行かれたのか、そのどちらかだろう。

めん羊や豚などの雄は、産まれて間もない頃去勢《きょせい》されることが多かった。むやみに繁殖させないことと、去勢すると性格が大人《おとな》しくなるのがその理由である。去勢は比較的簡単な手術で、私も高校生の頃近所の飼育農家から依頼されてこの作業をしたことが何度かある。

競走馬や肉牛・乳牛などの優秀な種付け用の雄を除けば、動物の雄の末路は総じて哀れである。そんな意味で、たとえ定年退職後に居場所をなくして小さくなって生活している男性ではあっても、人間の雄に産まれたことに感謝すべきなのかもしれない。

自然災害

人間は、知能の発達という点に限れば、地球上の生物の頂点にあるといえる。そしてそのことによる思い上がりが、地球に住む多くの生物を絶滅させ、地球の環境を危機的な状況に陥れるに至っている。

そんな人間が、己の力の限界を思い知らされるときがある。地震や津波、台風や竜巻、猛暑や豪雪などの自然現象に見舞われたときである。人間の力ではどうにもならない自然の猛威を前に、我々は対抗するすべもなく身の安全を確保するのがやっとである。人間の無力さを嫌と言うほど思い知らされる。

第一次産業と括られる農業、林業、水産業は、自然の恵みを受けて営まれる産業である。人々はその年の仕事始めに際して田の神、山の神、水の神に安全と共に豊産・豊漁を祈った。林業や漁業を生業《なりわい》とする人々は、必要以上の乱伐や乱獲を戒《いまし》め、豊かな恵みを子孫に受け渡してきた。今でも南米の先住民の中には、そうした自然との調和を自分たちの掟《おきて》として厳しく律している人々がいる。同時に、恵みを与えてくれる神々への祈りを忘れない。

農業には災害がつきものであり、その多くが自然災害である。長雨や日照り、強風、それに高温障害や低温障害などは、作物の生育に大きな被害をもたらす。自然相手の農業が持つ宿命ではあるが、被害を最小限にするための努力をして、あとは神頼みするしかない。各地に降水、止水に霊験があるとされる貴船社《きふねしゃ》や浅間神社《せんげんじんじゃ》が建てられ信仰されてきたのはその故《ゆえ》である。

私が住んでいる伊那市手良の沢岡地区と野口地区にまたがる里山にも、浅間山《せんげんやま》と呼ばれる小高い場所がある。ここには古くから浅間社が祀られていて、六〇年に一度の庚申《こうしん》の年にお祭りが行われてきた。祭日には三夫婦が揃った家族が招かれ、彼らを先頭にすり鉢状の地形のふちを回る「鉢回り《はちまわ》」が行われ、小さな社に祀られた木花之開耶姫《このはなのさくやひめ》のお祭りをした。また、日照りが続き干ばつの被害が出たときには、村人はこの山に登り、火を焚き鐘を鳴らして雨乞いをしたという。

大正一〇年を最後にこの祭りも行われなくなった。次の庚申年は昭和五五年であったが、経済の高度成長期を経たこの時代には、農業の衰退が顕著になり、また米余りの時代に突入していたこともあって農民の米作りへの情熱が急速に失われていたのであろう。農業の衰退と時を同じくして、農村に於ける多くの祈りの文化が失われていった。

蛙《かえる》の合唱

田植えの時期になると、蛙の合唱が賑やかに聞こえてくる。うるさいほどだ。水田に水が張られ、代掻《しろか》きが始まると、土中で越冬していた蛙が這《は》い出し、産卵する。トノサマガエルもアマガエルも、一度に数百の卵を産むから、蛙はたいへんな勢いで増える。それが一斉に鳴くようになるのだから賑やかなのは当然である。

子どもの頃、田圃や池でゼリー状の帯に入った蛙の卵を見付けてそれを水槽やバケツで飼ったことのある人は多い。観察していると円形の卵が蛙になっていく変化がよくわかって面白いのである。卵が変形してオタマジャクシになり、最初に後ろ足が出てくる。その後小さな前足が出て、次第に尻尾が小さくなりやがて蛙になる。この変化の過程が短期間で観察できるので、田舎の子どもはたいていてい経験してきた。

こんな話を聞いたことがある。たくさんの卵を採ってきて水槽で飼うまではよかったが、観察するのに飽きてしばらく忘れていた。気がついて水槽の置かれた部屋へ行って驚いた。部屋中を無数の蛙が跳《と》びはねていたのである。

これはあり得ることで、オタマジャクシの観察の時は要注意である。私の家の近くに湧き水の出る湿地帯があり、毎年春になるとそこにひきがえるがたくさん集まってくる。蛙の繁殖期で、蛙たちは交尾をするためにこの湿地に集まるのだった。ひきがえるは大型の蛙で、食用になる。食用といっても食べるのは飛び足（後ろ足）だけである。近くに住む母の弟がひきがえる捕りの名人で、時期になると決まって子どもの私を誘いに来た。私が昆虫や蛙が好きだということを知っていて、夜中に呼びに来るのである。ビクを腰に、懐中電灯を持って出掛けた。湿地帯ではすでに性の饗宴《きょうえん》が始まっていた。あちこちで重なり合っている蛙を容赦なく引き離しビクに放り込む。

短時間でビクが重くなるほど収穫があり、ほどよいところで切り上げて意気揚々《いきようよう》として帰ったものである。翌日この蛙の皮を剝《は》ぎ、後ろ足だけを食用として保存した。この時注意したのは、このひきがえるの皮膚にはびっしりとイボが付いているのだが、それが潰《つぶ》れて汁が目に入ると目が見えなくなる、と言い伝えられていたからである。しかし実際に目に汁が入って見えなくなったという人の話は聞いたことはない。しかし、子ども心に怖かったから、皮むきだけは慎重にした。

こうしてきれいになった飛び足を囲炉裏《いろり》（伊那ではヒジロ）で焼いて食べるのである。醤油をつけてから焼くのだが、一度食べたらこの味は忘れられなくなる。若鶏《わかどり》のようにやわらかく、焼いた肉が何ともいえず香ばしい。のちに中国へ行ったとき、四〇年ぶりに蛙の肉を食べる機会に恵まれた。懐かしくはあったものの、味は、昔食べたひきがえるの肉には遠く及ばなかった。

同じ蛙の声でも、むかし南米を旅したときアマゾン川の上流イキトスで聞いた蛙の声は不気味だった。低音で、声から想像するその蛙は妖怪《ようかい》のような姿に思えた。電気もない暗闇の中で、川面をわたってくる蛙の声は、なんとも不気味で心が凍る思いだった。

しかし私は、蛙の合唱を聞くのは嫌いではない。

果樹栽培農家は、梨やリンゴの開花期に朝の気温が氷点下以下に下がって凍霜害にあうことを一番恐れる。ひと朝の霜で壊滅的な打撃を受けるのである。それでもリンゴの場合は開花期間が長く、今咲いている花がやられても蕾《つぼみ》が生きていて実を付けるので救われる、しかし梨の花は一斉に咲く。したがって満開時に強い霜にあうと全滅する。

私が子どもの頃、梨栽培農家であった我が家も、こうした被害を経験した。強い霜が降りるという霜注意報が出て家中総出で梨園に重油の入った缶を配置し、零度近くになるとそれに火をつけて燃やした。勝負は日の出までの数時間であるが、重油の補給作業で子どもも顔をススで黒くしながら懸命に作業をした。しかし重油を焚いた火の熱や煙で気温を上げるのには限界がある。

日が昇り始めると父は、梨の花を取ってめしべの状態を確認した。しかしほぼ全滅に近いことがわかった。苦労が報われず今年の収穫は見込めなくなった。しかし来年のこともあり、消毒などの手入れは引き続きしていかなくてはならない。これは悲惨な状況である。

「今年は洋梨（用無し）だ」

父はやけ気味に、この状況を茶化《ちゃか》してそうつぶやいた。その光景が忘れられない。

梨農家に限らず果樹農家はこの時期神経質になる。生活がかかっているのは果樹農家だけではない。アスパラガスの露地《ろじ》栽培やスイートコーン、それに定植後の野菜類も霜に弱い。農家にとって春先の晩霜ほど怖いものはないのだ。

強い霜が降りるかどうかは前日の夕方の気温で大体見当がつく。農家は温度計を見ながら内心はヒヤヒヤものである。そんな時、蛙の合唱が聞こえると農民はほっとする。経験則で、蛙が鳴いていれば翌朝に強い霜が来る心配はないのだ。霜注意報が出されたその夜の農民にとって、その時の蛙の合唱は、あたかもウイーン合唱団のコーラスに聞こえるのである。

田園を吹く風

風には表情がある。竹林を大きく波打たせる風や青田を吹き渡る風には、面白がって駆け抜ける風のいたずらっぽい表情が見える。真冬の凍るような烈風《れっぷう》にも、生き物を巣穴に追い込んだ得意げな顔がある。春から秋にかけての重労働に疲れた農民は、そんな冬の風に内心ホッとして「もう外へ出て働かなくてもいいよ」と休息を促す声を聴く。真夏の涼風は「外へ出て木の下で涼みなさい」と私を誘う。

田舎はいつも風が吹いている。凪ぐことがほとんどないのだ。大地の呼吸のような風を全身で感じるとき、私は地表の一生物として生きていることを実感する。自然の中で暮らすことの有り難さを思い、感謝する。爽やかな風、冷たい風、どんな風も私は好きだ。

私が八〇歳近くになってもバイクを手放さない理由もそこにある。いつまでも風と戯れていたいからだ。緑に囲まれた山道をバイクで走るとき、風と話し、風と遊んでいるのを感じて痛快な気持ちになる。

農業にとって風は大事な役割を果たしている。風が雨を呼んで作物の生長を助け、また大地の余分な水分を運び去る。季節も風と共に移り変わる。日本列島は大きく見たとき偏西風の帯の中にあって上空は常に西風が吹いているが、地表付近の風は複雑で、昔の農民はこの風を読んで農作業の計画をたてた。

そんな風であるが、地球温暖化が原因なのだろうか、近年の異常気象は地球規模の風の流れに異変を生じさせているのは気がかりである。とりわけこうした変化は農業に大きな影響をもたらすだけに無関心ではいられない。

都会を吹き抜ける風には、工場や冷暖房機のはき出す人間の生活の匂いがする。それに対し、海辺を吹く風には潮の香りがあり、田園を吹く風は土の匂いや木々の香りを運んでくる。自然のはき出すそのままの風である。

空と山と雲

田舎暮らしをしていていつも美しいと感じるのは、山のありようである。

春は、初春から晩春にかけて変わりゆく里山の色の変化が素敵である。芽吹きの時期の柔らかい緑には、どんな写真や絵でも表現できない美しさがある。新緑のもつ美しさは、見る人の心の垢を洗い流してくれるかのようだ。俳句の季語「山笑う」はこの頃のものだが、どんなに苦しいことと悲しいことがあっても、ついそれらのことを忘れて見とれてしまう。寒さの厳しい長い冬がようやく終わり、新しい命の躍動が始まるこの季節は、人も含め自然界全てが生き生きと躍動する。さらに春がすすむと、木々の緑色は次第に濃くなっていく。

越後国上山の五合庵で晩年を過ごした良寛は、春になると山を下りて里の家々を托鉢し、子供らと遊んだ。人生の後半を放浪生活で過ごした井上井月も春が待ち遠しく、春が来ると梅や桜の句を多く詠んだ。桜の花が満開になると、普段は寂しい村里も明るさを増し、活気が戻ったかのように見える。

　山と空を分ける稜線《りょうせん》がはっきりしている冬の山々は、春になると空がかすみを帯びて山が空にとけ込むかのようになる。

秋は紅葉が山の上の方から次第に里へ下りてくる。漆《うるし》やナナカマドなどの紅葉が先駆けとなり、里のドウダンツツジとモミジの紅葉でピークを迎える。長い冬を前に、里は一時的に華やかに化粧をする。

　私は晩秋の朝霧や夕暮れ時の空が好きだ。

　霜が降りそうに気温の下がった早朝、里は深い霧につつまれる。霧の中にかすむ木々や家々は幻想的で、つい誘われて外へ出たくなる。太陽が昇っても霧はなかなか晴れず、太陽光線が霧のすき間を見つけて地表に差し込む景色は、さらに美しさを増す。霧の中では鳥の鳴き声や人の話し声が近くに感じられる。

そんな時私は、井月が死の床で書いた一句を思い出す。

何処《どこ》やらに鶴の声きく霞《かすみ》かな

清少納言は『枕草子』で、美しいものとして春の払暁《ふつぎょう》に見られる山の端《は》の空と雲の色の変化を挙げている。確かにそれも美しいが、私は秋にみられる日没後の空が好きだ。毎日見られる光景ではないが、太陽が沈んだ山の端にかかった雲と空の色の変化は幻想的である。刻一刻と色が変わり、やがて暗い紫色となり夜のとばりにつつまれていく。

若い頃は、そんな光景を見て美しいと感じても、足を止めて見入る余裕がなかった。しかし今は、そんな自然の創り出す演出をゆっくり楽しむことができる。これも年をとり、時間的にも精神的にもゆとりができたお蔭である。

五　田舎暮らし　今と昔

犬と闘う猫・トラ

時計の要らないくらし

時計が要らない暮らしが私の理想である。

田舎に住んでいると、機械に時を教えられなくても、お天道様《てんとうさま》（太陽）の動きで時の流れを知ることができる。国民の大部分が農民であった頃、人々は日の出とともに起きだし、日暮れを見て仕事を切り上げて家路についた。そんな暮らしが当たり前だったことを今の日本人は忘れてしまった。

昔の農村は、自然の移ろいの中で時間がゆったりと流れ、時計は要らなかった。農民たちの暮らしは貧しく農作業は重労働であったが、時間に拘束《こうそく》されることはなかった。たいがいの家には柱時計があったが、その時計を見ながら生活はしていなかった。野良《のら》にでて腹が空くとお茶休みになり、主婦は役場のサイレンの音を聞くと仕事を切り上げて昼食の準備に取りかかった。そのサイレンは今のチャイムのように正午に鳴るのではなく一一時三〇分に鳴らされた。そろそろお昼の準備をして下さい、という合図である。役場も農民の暮らしへの配慮を忘れていなかった。

近年の農村は時計が人を動かしている。人は太陽を見ずに時計を見て暮らす。

農村を支えてきた農業が衰退していった高度経済成長期以降、わが国の農村は急速に変貌《へんぼう》した。農業の担い手だった人びとが、短期間のうちに農業以外の産業である第二次あるいは第三次産業に移り、若者も農業を見限った。

農村の伝統的な生活様式や文化が、昭和三〇年代からわずかのあいだに変貌したり消えていった。数百年の時間の中で培《つちか》われ守られてきた生活文化をはじめとする伝統的文化が、わずか二、三〇年の間に失われた「昭和」という時代は、日本の歴史の中でも特異な時代であることを我々は記憶に留めなくてはならない。

農村に住んでいても、会社勤めが多くなれば生活のリズムはもちろん価値観も変わっていく。生活を取り巻く自然環境は都会と違っていても、社会的環境はさほど変わらない。自動車を何台も持ち、パソコンやスマホで情報のやりとりをするなど生活スタイルは都会も農村も同じである。一方で核家族化や地域の結びつきの希薄化《きはくか》がすすみ、離婚も増加している。

そんな農村に、昔の生活の優しさや長閑《のどか》さを求めても無理かもしれない。しかしそれでも私は、昔のようにゆったりとした、時計の要らない生活をしたいと思う。時計もスマホも持たず、自然の営みに身を任せつつ自分らしく生きる、そんな暮らしを取り戻したいと思うが、それはもう無理な願いなのだろうか。

田園への誘い

田舎暮らしの楽しさや問題点については、多くのマスメディアによって語られてきている。生業としての農業や、自然と共に生きる生き方としての田舎暮らしへの憧れを持つ都会人は多いように思う。

私は、学生時代の四年間を東京で過ごした。その経験から、都会での生活の良さはある程度理解している。何よりも交通の便がよく、大型の小売店や専門店がたくさんあり買い物には困らない。喫茶店やレストランも多い。スポーツ観戦の機会も多く、音楽会や演劇などの文化的な催し物もその気になればいつでも行ける。煩《わずら》わしい人間関係に縛《しば》られないで暮らせるのも、とくに若者にとっては魅力だ。

そんな都会で暮らす人は年々増えている。農村の若者も、都会の大学や専門学校で学び、卒業後はそのまま都会に住みつく人が多い。地方都市にも企業はあるが、都会の方が圧倒的に仕事の業種が多く、求人数も多いからである。専門学校で高度な技能や知識を学んでも、田舎ではそれを生かした仕事に就くのが難しい。したがって、昔風の言い方をすれば「家を継ぐべき長男」ですら都会に就職し、そこで結婚して田舎には帰らない。大都市への人口集中と地方の過疎化の流れは止めようがないように見える。

しかし田舎には田舎ならではの魅力があることは言うまでもない。そこには都会の人間が羨《うらや》むような長閑な日常と、自然とともに生きる豊かな暮らしがある。都会に住む人は、農村出身者も含めて、田舎での暮らしの真の魅力を理解することが難しいように思う。書店に行くと田舎に関する情報誌が並んでいる。しかしそこには、生まれたときから田舎に住み、農村での暮らしの良い面も悪い面も知り尽くしている者が発信する情報はほとんどない。都会の人間が描く、統計や聞き取り調査などで見えてくる田舎暮らしは、一面的、あるいは表面的なものである。地方を旅したことのある人でも、その土地やその地で生きている人たちの暮らしを理解することは難しい。その地域の魅力や、そこに住む人びとが抱えている悩みをわかるのはそう簡単なことではない。

田舎を知るのに一番いい方法は、田舎に住んでみることである。短期の滞在でもよい、いちど農村で暮らしてみるといい。農業の体験ができればもっといい。

土を耕し命を育てるのが農業だが、それは日本人の暮らしの原点でもある。弥生時代以後のおよそ二〇〇〇年間、日本人は自給的な農業で暮らしを立ててきた。

田舎には山があり、その山から流れ出す川がある。野山から吹き出す爽やかな風と、輝く太陽がある。そして田や畑があって、そこでは人が自然の恵みを受けながら食料を生産している。当たり前の光景だが、人間の暮らしの原風景である。

しかし農村は今、大きく変貌しつつある。それは、農業だけでは暮らしが成り立たなくなったからだ。そんな中でも一部の若者は農業に魅力を感じて頑張ってはいるが、農民の大多数が高齢者で、細々と農業を続けているのが現状である。

それでも田園は魅力に充《み》ちていて、そこにいるだけで心を癒《いや》してくれる。それは自然の雄大さや美しさだけではなく、自然とともに生きてきた日本人の心のふるさとがそこにあるからだ。

昔の暮らし

この半世紀、農村部における暮らしの変化は、我が国の歴史の中でも例を見ないものである。それは生活の全ての面にわたっている。筆者の子供の頃を例に挙げながら、この五、六〇年間の変化をたどってみたい。

はじめに住居である。

半世紀前の我が家は、ごく一般的な農家の造りで、トタン屋根の切り妻の家であった。まわりの家もこのトタン屋根が多く、数は少ないが板屋根《いたやね》や藁葺《わらぶ》きの家もあった。現在主流になっている瓦葺《かわらぶ》きの家はほとんどなく、地主や有力な農家は、茅葺《かやぶ》きだった。茅葺き屋根の家は、何年かに一度葺《ふ》き替《か》えが必要であり、このたいへんな作業は多くの人の応援を得て行われた。したがってある程度の経済力がないと維持するのが難しかった。今でも残る茅葺きの家は、いずれもかっては地域における有力者の家である。それほど豊かでない家は藁葺きが多かったが、ともに夏の涼しさは抜群だったものの、天井が高い分冬の寒さも格別だったように思う。火災に弱いのがこの家屋の弱点で、火の用心には特に気を使っていた。囲炉裏やかまどの焚《た》き付けは松の落ち葉だけが使われ、火の粉が舞い上がりやすい広葉樹の枯れ葉や紙は使わなかった。

大正時代までの屋根で一般的だったのは板葺き屋根である。屋根に板を張り、その上に薄く割った板を並べ、角材を押さえに使う。さらに風で飛ばされないようにたくさんの石を並べたものである。割り板は、きれいに割れて水に強いサワラや栗《くり》がよく使われた。木材資源が豊かだった信州では広く普及しており、大正時代の木曽谷の写真を見るとほとんどの家がこの板屋根である。伊那谷には小野、大鹿、清内路など、領主への年貢として、米ではなくこの屋根板の材料を一定の規格に揃えた「榑木《くれき》」で納めた。「榑木成《くれきなり》」と呼ばれるこの税が長野県の各地に見られるのは、江戸時代の民家の多くが板屋根であったということであろう。伊那市高遠が生んだ教育学者で、我が国に初めて音楽教育を導入したことで知られる伊澤修二の生家が残されているが、これも板葺き屋根である。

板葺き屋根に代わって昭和のはじめ頃から急速に増えていったのがトタン葺きの家である。トタン板が手に入りやすくなったからであろうか、多くの家が採用した。手っ取り早く張れるのが利点で、錆《さ》び防止にときどきコールタールを塗った。筆者も、真夏に父と一緒に屋根に登り刷毛《はけ》でコールタールを塗《ぬ》った記憶がある。

トタンは熱をそのまま伝えるため、これで屋根を葺くと家の中は夏は暑く、冬は寒かった。とりわけ夏の暑さはひどく、これが一番の欠点だった。しかし、私はこのトタン屋根の下で雨音を聞くのが好きだった。雨の朝、布団の中でこの雨音を聞いていると至福《しふく》の気分になり、いつまでもこのままいたいと思ったものである。

現在は瓦屋根が圧倒的に多くなった。普及し始めたのは戦後で、経済の高度成長期に急速に増えていった。生活に余裕が生まれたことと、この屋根は耐用年数が長いこと、それに手がからないことが理由と思われる。

昔の家は石の上に柱を立てていた。したがって年を経《へ》るに従い台石が沈むなどして家の傾きが生じ戸の建て付けが悪くなることが常だった。夜になると雨戸を閉めるのだが、それでも部屋の中にすきま風が入り込み、冬には雪が吹き込んでくることもあった。年寄りは枕元に屏風を立ててすきま風から身を守った。冬の寒さは今以上であったから、屏風は年寄りにとっては必需品だった。

養蚕がさかんな信州の農家は、総じて家が大きく開放的で、押し入れがなかった。これは養蚕を主体にした家の造りで、カイコが最も大きく成長した五齢期になると障子や襖《ふすま》をすべて取り払い、できるだけ広く使えるためである。

当時の農家は家畜を大事に育てていたが、とりわけ馬は母屋で飼う家が多かった。玄関の土間に風呂があることもあり、何事においても開放的だった。囲炉裏のある部屋が居間兼食堂で、天井が高く煙が抜けやすいように造られていた。この部屋は畳ではなく板の間で、そこに藁を編んだネコが敷かれ、食事の時はお膳やちゃぶ台が使われた。このちゃぶ台には引き出しがついていて、各人の食器入れになっていた。食事が終わるとお茶やお湯でお茶碗や箸《はし》を野菜などを使って洗い、それで口をすすいだあとはそのまま引き出しに納めた。今から考えると清潔感に欠けるが、とくにそれが原因で具合が悪くなったということは聞いたことがない。現代のように衛生面で余りに神経質になりすぎるよりも、かえって胃や腸が丈夫になったのではないかとも思う。

食の話に移ろう。

昔の農家の食べものは質素で、自給自足的な食生活だった。終戦後の食糧難のあとも大麦の入ったご飯を食べ、たまに出る肉や魚はご馳走であった。肉が食卓に上るのは年に数回で、それも馬肉や鶏肉が多く、牛肉や豚肉が口に入ることはほとんどなかった。たいがいの農家は鶏やウサギを飼っていたので、盆や正月にはそれをつぶして食べた。鶏は肉だけでなく内臓も無駄なく食べ、首の骨などはカナヅチやナタの背中でつぶして団子状にして食べた。馬の肉も上等な肉ではなく、「切り出し」といって腸や筋の部分が多い肉を食べることが多かった。味はよいのだが筋は硬くてしばらく噛《か》んでいても噛み切れず、最後は諦めてそのまま呑《の》み込んだ。ヤギを飼う家も多く、ヤギの乳は栄養源としても貴重な飲み物だった。今では臭《くさ》みがあって抵抗があるが、当時は子どもも大人もおいしいと感じてよく飲んだものだ。

鶏を殺す時は、さすがに可哀想に思えた。頸動脈《けいどうみゃく》を切って血を抜く方法が一般的だが、いきなりナタで首を切り落とす乱暴な方法で殺す人もいた。私は現場を見たことはないが、首を切られた鶏はすぐ死ぬことはなく、首のないまま切り口から血を吹き出しながらしばらくあたりを走り回ったという。このあと、殺した鶏に熱湯をかけて毛を抜き取る。この仕事は子どもが手伝うことが多かったが、独特の臭いと相まって気持ちのよい作業ではない。包丁を使っての解体作業では、さまざまな臓器を観察することができた。たくさんの卵を持つ鶏もいたり、肝《かん》臓《ぞう》など内臓に黄色の脂肪がしっかり付いているのもあった。この脂肪肝《しぼうかん》の鶏は、卵をあまり産まないことは子どもでも一目でわかった。作業が終わって食べる肉はおいしく、とくに脂肪の部分は子どもたちが争って食べた。鶏の肉料理は、当時としてはたいへんなご馳走だったから、飼っていた鶏を殺し、一連の作業を手伝ったり見ていても、食べる段になって気持ちが悪いなどと言う子どもはいなかった。

鶏を飼っていても卵はたまにしか食べることがない。産んだ卵は溜めておいて、数軒の農家が共同で出荷して当面の現金収入になっていたからである。子どもが風邪をひいたときなどには、栄養をつけるために卵やバナナなどを食べることができたので、風邪をひいたときの楽しみだった。それでも学校から帰ってきて親がいないときなど、こっそりと鶏小屋へいき、卵を抱いている鶏の腹の下へ手を入れて採りだし、卵の両側に小さな穴をあけて吸って飲んだ経験はたいがいの人が持っているはずである。

味噌や醤油も自分で作った。醤油は手がかかるけれど、市販の醤油に比べると味がよかった。しかし防腐剤を使わないので、夏になるとカビが表面に浮いてくるのが欠点で、それをすくい取りながら使った。食べ物についての好き嫌いを言う子どもはほとんどなく、アレルギーで苦しんだ人の話も聞いたことがない。

便所の話

年を取るとトイレが近くなる。冬の寒い夜など起き出すのがつらい。

しかし昔を知るものにとってそれは贅沢《ぜいたく》な悩みで、今の便所はきわめて快適な場所になっている。第一、屋内にある。また近年は西洋式の便器になり便座は暖房され、さらに温水洗浄便座であるため手で尻を拭く必要がない。

私の子どもの頃の便所はみな屋外だった。屋内便所ができるようになったのは大分後のことである。外便所は大きな桶《おけ》に板を渡しただけの単純な構造で、落とし紙も新聞紙や雑誌の紙を使った。夜になって薄暗いこの便所に行くのは、子供心に怖かった。気が弱く怖がりの私は一人では行けず、いやがる妹を連れて行ったものだ。

便所の桶がいっぱいになる前に汲《く》み出して、直接畑にまいたり、畑の一角に作られた肥《こえ》だめに入れて発酵させ、野菜などの肥料として使った。化学肥料がまだ貴重だった時代、「肥やし」と呼ばれた糞尿は農家にとって大事な肥料であった。自分の家で生産されるものだけでは足りずに、非農家からお金を払うなどして汲み取らせてもらった。私の世代で農業を経験した者であれば、天秤棒《てんびんぼう》の先に重い肥え桶を二つぶら下げて、こぼさないように畑に運んだ記憶を共有しているはずだ。

肥やしのお蔭で昔の野菜はよく育った。しかし、こうして育った野菜を媒介《ばいかい》にして寄生虫が子どもたちの間に広がっていたのも事実である。

私が子どもの頃は、たいていの子どものお腹に蛔虫《かいちゅう》がいた。肛門近くにギョウ虫もいた。たまに腸内にサナダムシを飼っている子どももいた。蛔虫は人間との付き合いの長い虫で、少しばかり寄生していてもさほど健康に支障はないが、多くなりすぎると栄養分を取られてその子は痩せていく。小学校や中学校では定期的に検便をして、便の中の蛔虫やサナダムシの卵を調べた。虫下しの薬もあったが、学校では全校生徒に海人草《かいにんそう》を飲ませた。きわめて不味《まず》い飲み物で、みんな顔をしかめて飲んだものである。翌朝学校へ行くと、担任から何匹蛔虫が出たかを聞かれる。「俺は二匹出たよ」などと得意げに報告する子どももいた。

カヤの実を炒《い》って食べると虫下しの効果があると言われていて、家でよく食べた記憶もある。厄介《やっかい》な虫だが、居ても当たり前だったこともあってそれほど悪者扱いはされなかったような気がする。

近年、蛔虫などの寄生虫と人との共生関係《きょうせいかんけい》が指摘されるようになった。東京医科歯科大学の藤田紘一郎名誉教授が発表して話題になった。彼の説によると、寄生虫は人の体内で栄養を分けて貰って生きているが、その一方で様々なアレルギーの抗体を寄生主に提供してきたという。近年花粉症などが多発しているのは、人間が寄生虫を体内から完全に駆逐《くちく》してしまった結果だというのだ。たしかに私たちの子どもの頃は、花粉症などほとんど聞いたことがない。今でも寄生虫を持つ東南アジアの子どもたちにはアレルギーがないというから、その理論の信《しん》憑性《ぴょうせい》は高い。現代人はあまりにも潔癖《けっぺき》になりすぎて、大昔からの共生関係にあった仲間を体内から追い出してしまい、そのツケがこんな形であらわれているのだろうか。

西洋式の便器が農村にまで普及するようになったのは、それほど古い話ではない。私が初めて腰掛け式便器を使ったのは四〇歳を過ぎてからだったと思うが、その時の戸惑いは忘れることができない。一体どっちを向いて座ればいいのかさえわからなかった。終わった後の流し方もわからずあちこち探した。四〇歳代の後半、アメリカへ旅行した時に列車のトイレを使ったが、便座が上がっているのに気づかず（知らず）汚い便器だと思いながらそのまま座ろうとした。すると尻が落ちそうになるではないか。アメリカ人のケツはやっぱでかいんだな、と感心しながら腰を浮かせるようにして用を足した。今から思えば、知らなかったとはいえ不潔なことをしたものだ。

そんな私だが、今は本を読みながら便座に座り、終われば温水洗浄を使っている。昔では思いもつかない光景である。

若い人たちには理解できないだろうが、私たち年代の者の頭の中には便所の歴史が刻まれているのだ。

六　夢の続き

草箒《くさぼうき》で遊ぶ小さな魔女たち

男の城

男は、自分だけの城を持ちたいと願うものだ、と私は思う。テリトリーというよりも逃げ込む場所、一人きりになれる場所と言った方がよいのかもしれない。

どんなに狭い場所でもいい、家族から少し離れて一人になれる空間が必要なのだ。誰にも邪魔されず、一人で考える、あるいは何も考えないでいられる場所である。

都会の男は行きつけの飲み屋がそんな場所の代用になっているかもしれない。酒の飲めない男は喫茶店に通うのか。赤提灯や喫茶店の一角が、孤独を楽しむ自分だけの空間になっている。押し入れをそんな空間として使っているという男の話を聞いたこともある。

幸いなことに田舎の家、とりわけ農家は総じて屋敷が広いから、そうした空間を見つけたり作り出すことはそれほど難しいことではない。それは離れの一室であったり物置を改造した部屋であったりする。とくに精神的に落ち込んでいるときなど、その場所でおのれの傷《きず》を癒す。ボーとしていることもあればラジオを聴いたり本を読んだりして過ごすこともある。女性から見ると単純だと馬鹿にされそうであるが、その場所に籠《こ》もることによって男はまた元気を回復するのである。私の知るかぎり、男性の多くはそんな空間を持っている。

私はぶどうを出荷するための作業場を数年前に建てた。その時事務所と称して作業場の一角に三坪ほどの自分の城を確保した。もちろん農家に事務所など要るはずがないのだが、名目が必要なのだ。この小さな空間には水道も引きトイレも外から土足で入れるように部屋の隣に作るなど、城としては贅沢《ぜいたく》なものだ。掃除はめったにしないから常に散らかっているが気にしないし、宣言はしないが女人禁制《にょにんきんせい》である。ラジオは許されるがテレビは駄目。テレビが入るとそこは特別な場所ではなく日常の延長になってしまうからだ。

女性は仕事に専念できる部屋は欲しがるが、物置の一角で孤独を楽しむような非生産的なことはしない。現実的なのだ。男だけに見られるこうした傾向は、単に人間だけでなく、動物のオスに共通する現象のような気もする。動物園には最近行かないから自信はないが、猿山のボス猿やオスの猿どもも、時には群れを離れた場所で、精神的な疲れを癒したり孤独な時間を楽しんでいるのではないだろうか。

日常の生活を作り出していく主体は女性である。家庭では、男は仕事はするが主人公にはなれない。世帯主などと祭り上げられてはいるものの、所詮《しょせん》は脇役《わきやく》にすぎない。とりわけ定年退職後の男性は、哀れにも居場所がなくなることもある。

その男が、日常生活の流れから身を隠すようにして自分の城に逃げ込み、自我を回復し元気を取り戻す。女性にはそんな男の願いや行動の意味がわからないから、城を求める男たちを馬鹿にする。男の城では、時には秘《ひそ》かなる反乱の計画が練《ね》られていることも知らずに……。

母屋を女性に乗っ取られ、倉庫や物置の隅に自分の城をつくって元気を回復しようとする男とは、なんとけなげで愛すべき存在なのだろうか。

夢の続き

夢をもて
夢を追いかけろ
夢が叶った

「夢」は多くの場合、実現には多くの困難が伴う高い目標を指す言葉として使われる。しかし現実の夢は、そのように楽しいものばかりでも建設的なものでもない。

年をとって、将来に対しての夢と同様、夜の夢も見ることが少なくなった。たまに見ることがあっても、それは決して楽しい夢ばかりではない。約束を忘れたり、会議の時間に遅れそうになったりと自分の失敗による強迫観念《きょうはくかんねん》あふれるものが多く、目覚めてから「夢でよかった」と思えるようなものばかりである。しかも目が覚めてすぐに記憶から消えていく。しばらくしてからどんな夢だったのか思い返そうとしてもできない。夢の世界にも高齢化による忘却力が作用しているのだろうか。ろくな夢ではないので早く忘れた方がいいのだが……。

若い頃の夢は違った。東京に住んでいた学生時代のある時期の夢は、それは楽しいものだった。目覚めてからも胸が高鳴るような内容だった。貧乏学生で、アルバイトや質屋通いに明け暮れたわびしい暮らしをしていたこともあって、新しい世界を開いてくれる夢は大きな楽しみだった。しかも、翌日の夜も前夜の夢の続きを見ることができたのだ。三夜連続で続き物の夢を見たことがある。しかもその夢をはっきりと覚えていて、就寝時に「昨夜の夢の続きを見たい」と願った。その強い思いが夢の続きを可能にしたように思う。

夜が来るのが待ち遠しかった。現実の世界よりも夢の世界が楽しくて仕方がなかった。現実世界よりも夢の中での体験が楽しく、待ち遠しく思う、という現象は何を意味しているのだろうか。

フロイトはその著「夢判断」の中で、夢からその人の潜在的な欲求やコンプレックスを明らかにしようとした。私の体験した若い頃の夢に対して、フロイトはどんな判断を下すのだろうか。

数人にしか聞いていないが、こうした続き物の夢を見たという体験を持つ人はいない。私が特異なのだろうか、と思うこともあったが、気にすることではないと思っている。

男でなくなる日

「俺はもう男ではなくなっちまった」

多くの男性が前立腺肥大《ぜんりつせんひだい》や前立腺癌で苦しめられている。前立腺は男性にしかない臓器で、これらの病気で苦しむのは男として生まれたことによる宿命としか言いようがない。

前立腺の疾患《しっかん》で苦しむ人は年齢とともに多くなり、肥大による排尿障害で悩む人は、八〇歳の男性で八〇％以上になるという。また、前立腺癌も加齢とともに発生率が高くなり、七〇歳を越えるとピークになるという。比較的進行が遅く、早く見つけて手術をすれば死亡率の低い癌ではあるが、私の回りにはこれが原因で亡くなった人が何人かいて油断はならない。若い人の発生は少なく、男の高齢化を待ち受けているかのような疾患である。

問題は、これら前立腺の病気の手術が性機能障害を招くということである。いわゆるインポテンツになることが避けられないというのだ。したがって患者がある程度若い場合、医師は本人だけでなく妻にも説明し手術の了解を得るのだという。

冒頭のつぶやきは、かって七〇歳ころ前立腺の手術を受けた知人が漏らした言葉である。その他「もう人畜無害になった」とか「ニューハーフになった」など笑いながらも自嘲《じちょう》気味に報告する友人もいた。この年齢になると性機能がほとんど機能しなくなってはいるものの、男にとっては事件なのだ。

私は七〇歳頃から小便の出が悪くなり、人間ドックで前立腺の肥大が指摘された。さらに七六歳の時に前立腺癌の疑いがあるとされ、泌尿器科医の精密検査を受けた。その結果、疑いはあるがもう少し経過を見ようということで数ヶ月ごとに検査を受け現在に至っている。その検査も最初は半年ごとだったが、私の父も前立腺癌の診断を受けたこともあり、医師の薦めで検査の期間を短くしている。他の癌にも言えることだが、とりわけ前立腺癌はかかりやすい体質が遺伝することが多いのだという。

私のような年齢の者が性機能障害になっても、ほとんど影響がないことはわかっている。機能が機能せず、たとえ残り火があったとしてもその機能を発揮する場面は全くなくなっているからだ。だから手術への家族の了解を得る必要はなく、妻からは「どうぞ、どうぞ」と言われるにきまっている。

しかし男にとってこれは人生の大事件のように思えるのである。「男でなくなる」という感覚は、私には痛いほどよくわかる。たとえすでに機能が失われていて、めっきり出っ張った腹の下に力なく垂れ下がるムスコが、単なる排泄器官になっていたとしても、加齢によるのではなく手術でそういう状態が確定することへの精神的な抵抗があるのが男なのだ。

女性は閉経《へいけい》によって出産の可能性がなくなる。しかし女性はそうした現実をそれほど抵抗なく受け入れているようだ。「女でなくなった」などという台詞《セリフ》は吐かない。さらに女性には乳癌や子宮癌などがあり、それで苦しむ女性も多い。

生殖能力にこだわり「男でなくなる」とうろたえる男性は、女性から見ると「女々しく」も滑稽に見えるかもしれない。しかし、男には、機能がすでに失われていてもいつまでも雄でありたいという気持ちがある。それは自然界のオスに共通した本能なのか、それとも人間のオスは諦めが悪いのか、おそらくその両方だという気がするが……。

「諦めが肝心」という女性の笑い声が聞こえてきそうである。

七　多様化の時代を生きる

霊場巡拝塔《れいじょうじゅんぱいとう》

非学歴社会《ひがくれきしゃかい》

田舎では学歴というものが通用しない。出身高校や大学を自慢げに口にする人は、たいがいの場合馬鹿にされ嫌われる。農業に従事する人はもちろん田舎で暮らす人にとって、学歴はほとんど意味がないのだ。人の値打ちはその人の仕事における実力や人柄で決まるということを誰もが知っている。

毎年見事な西瓜《すいか》を生産する農民、美しい庭を管理してくれる庭師《にわし》、気さくで子どもや年寄りに優しい商店主は、それだけで地域の人々から一目置かれる。逆に大学を出てもこれといった技能は持たず、仕事面でもうだつの上がらない人は、それだけの人として尊敬されることはない。

そもそも田舎では学歴が話題になることはほとんどない。たとえ関心がある人でも人に出身校を聞くことはしない。したがって聞かれることもない。たまにそのことを話題にする人がいても、それは都会から戻った人で、学歴社会で生きてきた習慣が出たり、それしか自己主張のよりどころのない人である。

私が中学生だった頃の高校進学率は五〇％に満たなかった。誰がみても優秀な生徒であっても、家庭が貧しいが故に進学しなかった人は多い。それでも学びたい人は、働きながら定時制に通った。昔の定時制はそうした若者の受け皿として重要な存在だった。

官僚の世界や大企業の中には「学閥《がくばつ》」というものがあるらしい。一流といわれる大学を出た者が仲間意識を持ち、先輩後輩のつながりを大事にして何かにつけ群れるのだという。田舎暮らしの人間からみると滑稽《こっけい》な話で、そういう役所や企業には自由な発想や創造的な活力が生まれないのではないかと思う。

中学を卒業しただけの人には立派な人が多く、その道の第一人者になったり、努力の末に企業を立ち上げ成功した人もいる。そういう人は中卒をひけ目と感じ、人一倍努力をしてきた人だと思う。学歴を理由に誰からも馬鹿にされないようにと心がけながら努力するのであるから、その積み重ねは大きい。有名大学を出て大企業へ就職した人でも、それに満足してレールの上を歩んだ場合、それだけの人間で終わる。学歴に限らずなにかしらのコンプレックスを持っている人の方が、それを補おうとして不断《ふだん》の努力をする。それがその人の大きな活力源になり、持てる力を充分に発揮することになる。さらにそういう人は人柄も謙虚《けんきょ》であり、弱い立場の人に対しても優しい傾向がある。人を助けたり地域のために役立ちたいと考え行動するから、地域での信望が厚い。私の周りにはそういう人が沢山いる。

私の話をしよう。私は農家の長男であったため農業高校へ進学し、昭和三六年に卒業した。池田内閣が農業基本法を成立させた年である。父親の農園を継ぐつもりであったが、農業の将来が見通せなくなり、また、もっといろいろな勉強がしたくなったこともあって途中で方針転換をして大学に進学した。

大学へ行ったのはよかったが、入学早々英語の授業では苦労をした。日本語を使わずに英語だけで授業を進める教授がいて、脂汗《あぶらあせ》を流しながら授業を受けた。普通高校では週に五、六時間英語の授業があるが、職業高校は三時間であるから、そうした苦労をするのは当然である。私はみんなに追いつくためにラジオ講座を聴いたり独自で勉強した。そのおかげでようやく人並みの英語力が付いた。就職後、旅が好きな私は十数ヶ国を旅してきた。そのほとんどが一人旅であったが、とくに英語による会話で苦労をすることはなかった。自慢めいた話になってしまったが、何事であれ勉強するのに早い遅いはない。必要になった時に真剣に勉強するのが一番効率がよいのだと私は思う。

私の話の続きである。大学卒業後の私は、社会科の教師として長野県内各地を巡ったが、農業高校卒だからダメだ、と言われないように人より勉強したように思う。自然を相手に命を育てるという農業に関してはそれなりの自信があったが、普通教科の力については不安だった。社会科の教師は教えなくてはならない科目が多い。「日本史」の授業も担当したが、職業高校では原則として世界史が必修で日本史は履修《りしゅう》しない。そんな負い目を感じながら日本史の授業に関しても人の何倍もの勉強をした。自分のハンディを自覚し、それを跳ね返そうと努力する。そんな日々の生き方が今の自分を作ったのだと感じている。

毎年年末になると韓国での共通テストの様子がテレビで紹介される。遅刻しそうな受験生にパトカーまで動員するという一大イベントになったこの試験は、年末の風物詩《ふうぶつし》というには若者にとってあまりに酷《こく》な現象である。親や子どもが一生懸命になるのは、この試験でその人の一生が決まるからだという。受験競争で落ちこぼれた生徒には未来がないという。それが韓国の実態だとすれば、そんな価値基準がゆがんだ社会に明るい未来はないような気がする。学歴などは一つの目安であり、人の持つ力や値打ちはそんなものでは決まらないし、その人の幸せにもつながらない。

高校教師の経験から思うのだが、成績が優秀で一流大学へと進んだ子どもが必ずしも人間的に優れているとはいえない。成績はまずまずであっても、人に優しくて気働きのある子どもの方がむしろ将来に期待できる。そんな子は卒業後どんな仕事についても、どこの地域にいても、誰からも好かれ役に立つ存在になるだろうと思うのである。高学歴を目指して背伸びして頑張っている子どもを見ると、気の毒に思えることがある。塾や予備校で苦しみながら高校に入学して来た生徒の中には、入学後に燃え尽き症候群になって学習意欲をなくしたり、また伸びきったゴムのようにその後の成績が低迷する生徒がいる。そんな生徒を私は多く見てきた。

人にとって重要なのは、いかに学び、どのような努力を続けてきたかである。安易なものさしで測ることができるほど人は単純な存在ではない。田舎暮らしをして様々な人と接する中で、そんなことを思うのである。

多様化の時代を生きる

平成から令和に元号《げんごう》が変わった。変わり目の数日間、日本中が、あたかも新しい時代が来るかのような錯覚《さっかく》を覚える大騒ぎをした。元号が変わったからといって、それで世の中が変わるわけではない。今の日本社会には、社会全体に閉塞感《へいそくかん》がただよい、生活での不満や将来に対するもやもやとした不安が充満している。そんな中で、元号が変わることによってそうした流れが変わる転換点になってほしい、という願いが根底にあるのだろうか、不思議な現象だった。

しかし近年の世の中の変化、とりわけ技術の進化はめざましく、令和の時代はさらにスピードアップするであろう。アナログ世代の私にとって、とまどうことが多い。自動車の自動運転やテレビの８Ｋ、それにＡＩの普及など二〇年前には想像の世界だったことが次々と現実に我々の生活の中に入り込もうとしている。私は囲碁が好きだが、世界のトップ棋士がＡＩに勝てなくなるなどという事態を誰が予想しただろう。人生相談さえも膨大《ぼうだい》なデータをもつＡＩの方が、その道の専門家よりも的確な判断と有効なアドバイスができるという。そんな時代に我々は生きている。

しかし、技術の進化は生活を便利にはするが、生活そのものを豊かにするかは別問題である。むしろ無自覚でこうした流れに巻き込まれていくと、自分の判断ではなく情報機器に頼り、結果として自分を見失ってしまうのではないかと恐れる。便利さの追求は、技術の進歩の原動力ではある。しかし、戦争の道具である兵器の追求が核兵器に行き着いて、人類存亡の危機に陥れているように、先端技術が我々の暮らしを本当に豊かにしてくれるかは疑問だ。進化した技術が、やがては我々の仕事を奪い、生活をコントロールするようになるのではないか。チャップリンの『モダン・タイムス』を見て笑ってばかりはいられない。

農村での生活が急速に都市化する現状を、私は便利になったと手放しで喜べない。便利さの追求は、自然とのつながりを失う結果になることが多い。田舎に住み、自然に囲まれて生活をしていると、世の中の激しい動きに惑わされたくない、と感じることがある。

物事に対する善悪をはじめとする価値観や世界観は、自分だけで作り上げたものではない。それは父母や祖父母をはじめ代々受け継がれてきたものが基礎になっている。少なくとも我々の世代は、父母や祖父母の影響を多分に受けて育った。

農村社会には地域共同体を支える伝統的な価値観があり、人々は人と人のつながりや助け合いを大事にして生活してきた。しかし、戦後の激しい社会の変動の中で、そうした価値観も次第に希薄となり、あるいは否定され、地域よりも個を優先させ、さらには経済的な拠《よ》り所である企業中心の価値観に変わっていく。それとともに、それまで地域が継承してきた伝統文化や民間信仰の多くも失われた。こうした社会の変化を近代化と捉《とら》えることもできようが、私には日本人が根無し草のようになっていくように思えてならない。依《よ》って立つべき伝統に裏付けされた精神的な基盤もなく、効率と目先の楽しみだけを追って生きる今の日本人の生き方に危うさを感じるのは私だけだろうか。

田舎で農業をしていると、時代の流れに乗り遅れ、孫にまで馬鹿にされることがある。しかし、便利さや効率の点では取り残されても、自然の恵みを受けながら自分らしく生きているという自覚はある。昔の人がそうであったように、自分を取り巻く自然や人々への感謝と祈りの心を忘れなければ自分を見失うことはない、と私は思うのである。

久しぶりの東京

田舎暮らしが長くなると、自分が時代の流れに乗り遅れ取り残されている、と感じることがある。数年前に、若者に遅れまいとしてスマホを買って使い始めたが、今では外出時に携帯電話として利用しているだけである。一番の理由は、農業をしているとそれ以外の機能は不必要でありむしろ邪魔だからである。作業着に入れていると重いし、落とす危険もある。ゲームには興味がなくメールも必要ない。ニュースや天気予報はテレビや新聞で充分である。買い物も店頭で、しかも現金ですることにしている。

数年前、久しぶりで東京へ行く機会があり電車に乗った。夜の電車だったので乗客は一〇人ほどだったが、私にとって異様な光景が目に飛び込んできた。乗客全員がうつむいた姿勢でスマホをいじっているではないか。顔を上げているのは私ひとり。

私が知る限りの二〇年ほど前の東京では、電車の乗客はというと、高校生などはおしゃべりをし、ヘッドホンで音楽を聴く人、新聞を読む人、外を何気なく見ている人、と人それぞれだった。それが今や若い人ばかりでなく年配の人まで全員がスマホを見ている。驚きとともに私は思わず笑ってしまった。これは通勤時間を有効に使おうということか、それともゆっくりと家で新聞を読んだりテレビでニュースを見たりする時間的、精神的なゆとりがないのか、おそらくその両方だろうと思った。

農村に住み、太陽の運行を目安に生きている自分とは別世界である。若い頃の私にも都会での生活にあこがれた時期があった。労働の機会が多く情報が集中する都会での生活にはそれなりに魅力がある。しかし今の私には都会での暮らしは馴染めないような気がする。こうした環境では、自分らしさや人間らしさを見失わないで生きる自信がないからである。

現代の大都市は、社会の多様化が進む一方で生活の画一化が進んでいるように思えてならない。人のくらしの原点である自然とのつながりを失い、価値観や世界観に違いはあっても、結局は同じ方向を向いて生活しているように見える。こうした暮らしには、将来ＡＩによって生き方まで方向付けされるようになっても不思議ではない危うさを感じるのである。

八　政治の貧困

霧の中

嘘《うそ》つき政治家と御用官僚の罪

最近、テレビの国会中継は見ないようにしている。精神衛生上よくないのだ。人と人が信頼関係でつながっている我々の生活と政治の世界は別世界で、見ていると腹立たしくなる。権力と金に群がる亡者の世界を見ている気がしてくる。政治家の質が落ちていることは誰もが感じることだが、それでもせめて市井《しせい》の人並みの倫理観くらいは持って行動しろ、と言いたくなる。上ばかり見て国民の方を見ようとせず、忖度《そんたく》で動く官僚も情けない。

「加計学園《かけがくえん》問題」、「森友《もりとも》問題」、さらには「桜をみる会」の騒ぎが国民に与えた政治不信の罪は重い。政治家は平気で嘘をつき、官僚は国民より権力者の側を向いて動く、という強烈な印象を与えてしまった。こうした傾向は今に始まったことではないが、これほど露骨に嘘と欺瞞《ぎまん》が罷《まか》り通ったことは近年に例がない。我が家の小学生の孫がテレビを見ていて「首相は嘘つきだね」とぽつりと言った。学校でもそのことが話題になっているらしい。おそらく親の受け売りだとは思うが、小学校でそのような話が出ること自体情けない。

大方の国民は知っている。新聞やテレビの報道を見聞きして、嘘をついているのが政治家や官僚で、言葉巧みにその場を切り抜け国民を騙《だま》そうとしていることを。それにもかかわらず政治家は嘘をつき通そうとし、官僚はその嘘につじつまを合わせようとする。国会中継を見ていると、野党側の追及の甘さもあるが、与党の政治家や官僚がいかにも薄汚い人種に見えて顔をそむけたくなる。とりわけ政治家には、国民の代表としての誇りが全く感じられない。連立政権の片棒を担ぐ政党も、うすうすわかっていながら真実を明らかにしようなどとは少しも思わず、調子を合わせるか黙して語らない。ここには権力に執着する姿がありありと見えて、これまた醜悪《しゅうあく》だ。

八〇年近く生きてきたが、保守政党がこれほど腐りきった状態になるのを見たことがない。全く自浄作用が働かなくなっているのだ。昔の保守政党には、それなりに信念を持つ有力政治家がいて、当然のことながら権力争いも絡むが、悪いことは悪いと苦言を呈した。それが今は、まるでボス猿に支配される猿山の世界だ。

こうした政治家を選挙で選んだのはほかでもなくわれわれ国民である。猛省しなくてはならないはずだが、選挙をすると嘘つき政治家とその仲間が当選する。今の政権に代わる頼りになる政党が見あたらない、ということもあろう。考えたくないことだが、日本人の政治に対する知的レベルがその程度なのだろうか。

政治を私物化してやりたい放題の権力者とその仲間たちの言動をみていると、日本の行く末が心配になる。ましてやこの政治家たちが中心になって、国の基本法である憲法を改変したら……と考えると恐ろしくなる。

政治家、とりわけそのトップが、小学生にまで「嘘つき」だと断罪《だんざい》されるような国は、この先どうなっていくのだろうか。

環境問題への取り組み

「必要なのは温室効果ガスの根本的な削減です。炭素（化石燃料）は地中にとどめ、排出を止めなければなりません」

一六歳の少女の演説に聴衆は聴き入った。

二〇一九年一二月一一日、スペインのマドリッドで開かれたCOP25（気候変動枠組み条約第二五回締約国会議）の会期中、会場内のイベントで、スウェーデンの少女グレタ・トゥンベリさんは、国際社会に実効性のある対策を訴えた。

しかし、会議はパリ協定の実施の合意を断念し、彼女の訴えに応えることはできなかった。二酸化炭素の排出が多い石炭火力発電を国内外で推進している日本に対しては、批判が集中した。

地球温暖化問題は、将来の地球環境に関わる問題であり、各国の政治家に踏《ふ》み絵《え》のように投げかけられた課題である。政治は現在だけでなく、将来の国民の生活への責任があるからである。

多くの科学者が、近い将来温暖化ガスが原因で地球の温暖化がすすみ、環境に大きな影響が現れると警告している。氷河の融解《ゆうかい》による海面の上昇とそれに伴う島嶼《とうしょ》や陸地の水没、砂漠の急速な拡大、異常気象の多発などである。この問題に関して、グレタさんの呼びかけに対して世界各国の若者が、自分たちの問題として声を上げ、行動を起こしつつある。こうした若者の行動が世界的に大きなうねりとなり、政治を動かすようになることを期待したい。

今、自国中心主義が横行している。温暖化ガスの排出を実質ゼロにする目標に対しても、最大の排出国である中国、アメリカ、日本などは沈黙している。環境問題や難民問題などの地球規模の課題に関する未来への責任を放棄し、自国の利益を優先する政治家が多くの国民の支持を集めるようになった。国際的な協調の時代は終わり、自国における目先の利益だけを大事にする政治が横行する時代が到来するのだろうか。

明《あ》けの明星《みょうじょう》や宵《よい》の明星として知られる金星は、極端な例ではあるが、温暖化の行き着く先を象徴している。この星は二酸化炭素の厚い層に覆われていて熱を外へ放出できない。その結果、金星表面の温度は数百度に達しているという。地球より太陽に近い星ではあるが、温室効果ガスがいかに大気の熱を閉じ込め気温を上昇させるかを教えてくれる。

政治が未来に対しての責任を果たそうと努力するとき、はじめて若者たちは将来への希望と政治への関心を持つようになるだろう。そんな時代がいつか来るのだろうか。

優しい人、優しい社会

「強くなければ生きてはいかれない。優しくなければ生きる資格がない」

小説家R・チャンドラーがその著『プレイバック』の中で、主人公に言わせた言葉である。優しさというのは人の苦しみや痛みがわかるということであり、助けを求めている人に手をさしのべることができるということである。生きていく上での心のありようであるとともに、そこから生じる行動力が優しさの本質だと思う。悩んでいたり苦しんでいる人に対して同情するのは誰でもできる。理解し、手をさしのべたり寄り添う行動が伴なったとき、真の優しさになる。

フランスやイタリアでは子どもを褒《ほ》めるとき「この子は優しい」と言うのが最大の褒め言葉だという。

家庭教育で最も心がけるべきは、勉強がよくできることよりも優しい子どもに育つことではないだろうか。心の優しい人は、社会に出ても誰からも好かれる。また温かい家庭を作ることもできる。逆に、いくら勉強ができ頭がよくても優しさに欠ける人は、人からも愛されることはない。

国家や自治体のあり方にも同様なことが言える。経済的な豊かさや便利さも必要だが、弱者に対する優しさのない社会は存在する価値がない。社会的な弱者、とりわけ障害者に対する理解と実践の中にその国や自治体の優しさの有無が表れる。福祉国家の実現を最大の政治目標に掲げ弱者を社会全体で支えていくという考え方のできない国や自治体は「冷たい」社会である。

障害者、高齢者、子ども、そして経済的弱者を含めて、誰もが安心して生きていける社会を作ることが福祉国家の目標である。それは憲法に掲げる「個人の尊厳」という原則に他ならない。『社会契約論』を持ち出すまでもなく、我々が国を作り政権担当者に権力を委託《いたく》したのは、その実現のためである。政治が福祉国家の実現に真剣に取り組むことにより、初めて国民から愛される国になり、国際社会からも尊敬される国になるだろう。

農産物自由化が意味すること

太平洋戦争中及び終戦直後の食糧難を体験した人は少なくなってしまった。日本に「飢えの時代」があった記憶は消えようとしている。

あの頃は、農村でも働き手の多くを戦地に送り出し生活は苦しかったが、それでも自然の恵みの中で生きるのに困ることはなかった。食糧不足で最も苦しんだのは都市部の人々である。配給《はいきゅう》の食糧だけでは生きていけないため、様々な物を売ってお金に換《か》え命をつないだ。ひもじさの体験を持ち、必要な食糧を確保できないことの恐ろしさを知るのは八〇代以上の人たちである。

仮定の話になるが、もし世界的な大きな動乱があり、我が国が外国からの食料や家畜飼料を一切輸入できなくなったとしたら、日本人の生活にどんな影響が出るのだろう。こういうことはあまり考えたくない話ではあるが、深刻な事態になることは当然予想される。今のところ米の自給はほぼ可能であるとはいえ、小麦の輸入がなくなるとパンや麺類《めんるい》が供給できなくなる。その分、米の消費が拡大するから今の生産量では深刻な米不足になる。大豆が輸入できないと豆腐や納豆、味噌、醤油などの生産がお手上げである。そのほかの穀類や野菜も不足して農業者に増産が期待されるが、いちど荒れ果てた山間地の田や畑は、簡単に耕地には戻らない。

輸入飼料に依存している養鶏や酪農、養豚なども壊滅的な打撃を受けることになる。食糧は高騰し、奪い合いが始まるかもしれない。他のものなら不便を忍べば済むことであるが、人は食糧なしでは生きていけないからだ。

東京、大阪などの大都市は食糧の大消費地である。その大都市の消費者の多くは、農畜産物の輸入自由化を歓迎している。たしかに輸入農産物の品揃えの豊かさと価格の安さは魅力的で、スーパーに行くと色とりどりの果物や野菜が並んでいて、見ているだけでも楽しくなる。

しかし食糧の貿易自由化には前提があることを忘れてはいけない。自由貿易が何の障害もなく行われるためには、まず世界的に平和な状態が続くことと、食糧を輸出する国が十分な食糧を安定的に供給できることである。戦争や世界的な緊張が発生し、貿易が思うように行われなくなったとき、あるいは食糧が政争の具に使われるようになったとき、我が国は食糧の確保が難しくなる。また、世界的な食糧不足となった時にも同様な危機が訪れる。現に、アジア、アフリカの人口増加と、中国などの発展途上の国の生活水準が向上し肉の消費が増加することによって、やがて世界的な食糧をめぐる争いが起きることを予言する学者も多いのである。

食糧の貿易自由化を考えるとき、我が国が貿易立国であるが故のやむを得ない事情はわかるとしても、国民の命を農畜産物輸出国に預けるような政策は正しいとはいえない。かって同じような選択をして失敗し、今は自給率を高めるための努力を惜しまないイギリスの経験に学ばなくてはならない。

食品の安全性の問題も含めて、食糧問題の重要性については、理屈ではなく体験から学ぶしかないような気もしてくる。再び我が国が深刻な食糧不足に陥り、ひもじさを経験した時に初めて気がつくことかもしれない。実際にそういう事態になったときに考えても、それは手遅れなのだが……。

九　豊かな時代の教育

春を告げるマンサクの花と田舎の子ら

豊かな時代の教育

経済的に豊かになった今ほど子どもの教育が難しい時代はない。

かつてアメリカのガルブレイス教授は「豊かな時代には、貧困な時代とは違ったルールがある」という言葉を紹介した。そのルールの一つは「欲望の制御《せいぎょ》」であるという。貧しい時代にはこのルールを教えなくても世の中全体が貧しかったから教える必要がなかった。しかし今は、子どもが欲するものを与える親が多くなり、「欲望の制御」が利かない子どもが増えた、と説く。二つ目のルールは「他者との関係」と「忍耐」というルールである。これも貧しい時代には家庭内や子ども社会、さらには地域社会の中で自然に身に付いていったものである。だが、今はこのルールの欠落した子どもが増え、引きこもりやいじめ、すぐキレる子どもが増えている。

また、私たちが子どもの頃は、漠然《ばくぜん》とではあるが、社会全体に学ぶことに対する目標があったように思う。貧しさから抜け出すため、また国や家族の役に立つ人になるためには学ばなくてはならない。勉強は苦しくても、努力すれば将来この貧しさから抜け出して自分を輝かせることができるのではないかと思うことができた。

多くの親は尋常《じんじょう》小学校卒業までの学歴だったが、苦労して生きてきただけあって躾《しつけ》は厳しかった。人が人として生きていく上で何が最も重要か、ということを知っていたからだ。子どもの勉強に無関心だったわけではない。貧しい生活の中で子どものことをかまっていられないという事情があった。そのかわり他人に迷惑をかけたり、人として恥ずかしい行いをした場合には厳しく叱った。

教育はすべて学校任せで、学校や教師に全幅の信頼を寄せていた。両親ともに朝早くから暗くなるまで働き、子どもたちもそうした親の姿を見て育った。そんな環境の中で子どもたちは水くみ、掃除、家畜のエサ採り、桑つみ、それに弟や妹の子守など労働力の一端をにない、その中で働くことの大切さや家族のあり方など様々なことを学んだ。子どもが多く、兄弟姉妹からだけでなく、地域の子ども社会からも多くのことを学び、「欲望の抑制」「忍耐」そして「他者との関係」である社会性を身に付けていった。

今の子どもたちには、群れをなして遊ぶ子ども社会もなく、家庭内での分担すべき仕事もない。屋内でのテレビやゲームで多くの時間を過ごす。そこからは学ぶべきものはほとんどなく、その時だけの楽しみで終わる。多くの親が農民だった頃と違って、今の親は子どもに働く後ろ姿を見せることができない。優しさや人としての躾はおろそかになり、勉強ができることを優先して考えるようになる。その結果として、自己中心的で人の痛みがわからない者が多くなる。

社会の多様化が進む中で価値観も多様化し、親たちも確たる信念を持って生きるのではなく、スマホで仲間と情報のやりとりをし、ゲームを楽しむ。子どもたちもゲームやテレビなどの今の楽しみを犠牲にしてまで不確実な将来のために楽しくもない勉強をしたいと思わなくなる。そんな子どもや若者が、やがて厳しい社会の現実の中で将来に対する漠然とした不安を持つようになる。

格差社会の進行がすすみ、努力しても貧困からはい上がれないと感じた若者が無力感を持ったとき、思いもよらぬ行動が生まれる。

知的障害者施設で「生きている値打ちがない」として一九人もの障害者等を殺した若者や、「誰でもいいから人を殺してみたかった」と新幹線の列車内で殺人に走った若者が抱える病理《びょうり》は、現代社会の持つ病理でもある。

豊かな時代の教育の難しさを改めて感じるのである。

貧しさの体験

戦中戦後の経済的に厳しい時代を乗り越え生き抜いてきた世代は、総じて精神的に逞《たくま》しく忍耐強い。逆境に置かれたとき「こんな時もあるさ」と開き直ることができる。それは彼らが「ひもじさ」や「貧しさ」を体験しているからにほかならない。今を耐えて生きてさえいれば、あとは何とかなる、という経験から来る楽天的な開き直りができる世代である。

私は若い頃、短期間ではあるが京都で暮らした。伏見区にある会社の寮に入っていたときのことである。寮に空き巣が入り、持ち物を全て盗まれた。その中には、なけなしの金で買ったばかりのカセットラジオも入っていた。貧乏には慣れていたが、こんな経験は今までになく、一度に全財産を失ったことで精神的に打ちのめされた。

しかし、数日後、私は開き直った。

「生きてさえいれば何とかなる」

どん底にいて開き直ったこの時の経験は、今でも私の中に生きている。その後も苦境に陥ったとき、「生きてさえいれば」と開き直ることができるのは、この時の経験があったからだと思う。

若いうちに苦労をさせたいという親心から出た「可愛い子には旅をさせろ」は昔の人の知恵である。「若い頃の苦労は買ってでもしなさい」は何度も母から聞かされた言葉である。

飢えや貧乏を経験できない今の社会では、自らを試練に立ち向かわせるしか方法がないのではなかろうか。人生の岐路《きろ》に立たされたとき、平坦《へいたん》な道よりもむしろ困難が予想される厳しい道を選ぶことのできる人は、精神的にたくましく、将来大きな仕事を成し遂げることのできる人になるのだろう。

小学校での農業体験学習

子どもたちに労働や貧しさの体験をさせることは難しく現実的ではない。田舎ではそれに代わる一つの方策として、学校で農業体験をさせる取り組み行われている。自然に囲まれた環境を利用して、額《ひたい》に汗して土を耕し作物（命）を育てる、という体験はそれなりに意義があるように思う。最近の農村では、農家であっても子どもが農業を手伝う場面が少なくなった。機械化が進み子どもの出番があまりないことが主な理由だが、習い事などで今の子どもはなにかと忙しいのも要因となっている。

長野県の小学校の中には、周辺にある水田や畑を使って様々な作物を栽培する体験学習が教育の一環として組み込まれている学校がある。自然に親しみ、農業の大変さや収穫の喜びを知ってほしいとの願いとともに、食べ物について関心を持つ機会にしたいという考えに基づくもので、自然豊かで農業が盛んな地ならではの取り組みといえる。

私の母校である伊那市立手良小学校での取り組みを紹介しよう。

学校から道路を挟んで隣接する場所に八アールほどの水田と畑があり、学年ごとに様々な作物を栽培している。栽培しているのは、二年生は大豆、五年生は水稲を品目の中に組み入れることになっているが、その他の学年は自由で、子どもたちの希望を中心に話し合いで決めているようである。大豆を栽培する二年生は収穫した大豆で豆腐、味噌、納豆それにきな粉などを作る。五年生は収穫した米で餅をつき、収穫祭の時保護者や日頃児童が世話になっている地域住民を招いて振る舞うのである。余った米は販売もしている。

この小学校で栽培されている作物の中で一番多いのはさつまいもである。ほぼ全学年が栽培している。その理由は、毎年秋に行われる全校の焼き芋大会があるためであるが、さつまいもは最も手のかからない作物だから、ということも理由の一つであろう。どんなに痩《や》せた土地でも育ち、三〇センチほどに伸びた苗（芽）を土に差しておくだけで根が出て勢いよく伸びていく。戦争中の食糧難の時代、学校の校庭を畑にして栽培したのがこのさつまいもである。

次に多いのは落花生で、これもほぼ全学年で栽培する。土の中にできる珍しい豆であり、茹《ゆ》でて食べてよし乾燥して炒って食べてもよしで人気が高い。そのほか西瓜、トマト、じゃがいも、小麦、トウモロコシ、南瓜《かぼちゃ》、胡瓜《きゅうり》、ネギ、白菜、大根、人参、ゴボウなどと栽培は多種類にわたる。小麦を栽培したクラスは、収穫後それを使ってパンを焼く。

ほとんどの職員が農業の経験がないので、本やインターネットで調べたり地域のお年寄りの助けを借りたりしながら子どもの先頭に立って土に取り組んでいる。子どもたちにとっては夏の間の草取りが最もきつい作業である。真面目に取り組んでいるが、そのうちに飽《あ》きて土を丸めたり虫を捕まえたりして遊ぶ子もいる。農家では機械でする作業を手作業《てさぎょう》でするのであるから無理もないことである。秋になり、苦労して育てた作物を収穫するときの子どもたちの目は輝いている。こんな体験が一つの思い出となり、どこかで生かされていくような気がする。

農業体験に限らず、その土地の自然環境や社会環境を利用して、子どもたちに様々な体験をさせることは、子どもたちの世界を広げるのに有効なことだと思う。

うまく騙《だま》される技術

人は嘘《うそ》をつく動物である。自分をよく見せたいと思ったり、苦しい状況から逃れようとしたとき、あるいは相手を傷つけたくないときなどに嘘をつく。嘘をつかないなどと言う人にお目にかかりたいが、そんな人はおそらくいない。人に迷惑をかけるような嘘は困るが、多少の嘘はお互い様で、大目に見たい。巧妙に嘘をつく人もいるが、中には見え見えの嘘を言う人もいる。そんな時それを非難したり糺《ただ》したりするのではなく、嘘を承知の上ですんなり受け入れ騙されたふりをするのも大人の知恵だ。

子どもは嘘をつく。すぐばれるようなものが多いが、かわいいものである。多少の嘘が言えないような生一本《きいっぽん》すぎる子どもはかえって心配になる。

教師をしていたころの経験である。

勉強の苦手な生徒がいた。運動は得意でクラブ活動ではそれなりに活躍しているのだが、授業中は必死に眠りをこらえている。当然成績は悲惨で、通知票の五段階評定は一、二、一、二とまるで行進をしているようだ。

通知票は学校からの学習状況や健康状態を家庭に知らせるものだが、家庭からも要望意見が言えるように欄が設けられている。成績のよい生徒は通知票をもらうとすすんで親に見せるが、そうでない者は見せたがらない傾向がある。その内容次第で、「何しに学校へ行ってるんだ」などと怒られるのが目に見えているからである。

始業式の日に通知票を集めると、「家庭から」の欄が空白になっている生徒がたまにいる。それはきまって勉強嫌いの生徒で、あまりの悲惨さに親に見せられなかった生徒である。しかし教師側からすると子どもの実態を親に知っていてほしいと思うのである。高校では、あまり成績が悪いと進級できないこともある。そこで私は必ず親が通知表に目を通してもらう手段として、「家庭から」の欄には必ず親に一言書いてもらいなさい、空欄で提出しても受け取らない、と宣言していた。たいがいの生徒は諦めて親に見せ小言を言われながら一言書いてもらって提出する。

そして件《くだん》の生徒、悲惨な成績の生徒の通知票も「家庭から」欄が埋まっていた。しかしそこに書かれていたのはただ一言「お世話になります」。そしてその字は担任が見慣れている紛《まぎ》れもない生徒本人の金釘流《かなくぎりゅう》の字である。思わず私は笑ってしまった。結局その生徒は通知表を親に見せることができず、始業式を前に苦しんだあげくに考え出した策だった。それにしても「お世話になります」、という言葉がいかにもいじらしい。私は騙されたふりをして受け取った。おそらくその生徒は担任を騙せたと思い、内心ほっとしたにちがいない。

かくの如く高校生の嘘には、可愛気のあるものが多い。それを一々追求していたのでは教師は疲れるし、一番大事な生徒との信頼関係が築けない。

中島みゆきの歌には、見栄と強がりで嘘をつく女性がよく登場する。人間くさく、またいじらしくて私は好きだ。

子ども社会の消滅

私は太平洋戦争開戦の翌年に生まれた。あの頃の農村の子どもは、たいがい水洟《みずばな》をたらし、顔にはカビの一種であるドモが食い、うどん粉をまぶしたようにまだら模様の顔をしている子どももいた。朝は顔を洗うが、風呂は五日か一週間に一度くらいしか焚《た》かなかったから、いつも体は垢《あか》じみていた。下着も数日同じ物を着ていたが、あまり気にしなかった。

着るものは、はじめは着物を着ることが多かったが、やがて洋服を着るようになった。それも着たきり雀で、たまにしか洗わなかった。ズボンの膝や尻がすり切れて穴があくと、母親が夜なべ仕事で継《つ》ぎを当ててくれた。水洟は、これといった鼻紙がなかったので新聞紙や雑誌をちぎって使ったが、いつも鼻紙を持ち歩くことは少なく、外で水洟が出てきたときには手っ取り早く半纏《はんてん》や洋服の袖で拭《ふ》いた。だから大方の子どもの着物の袖は、その部分がテカテカ光っていた。

貧しい時代の農家では、親は朝早くから夜遅くまで農作業に追われ、子どもをかまってやる暇がなかった。「貧乏人の子だくさん」の言葉通り子どもだけは多く、その地域の子どもたちだけで一つの社会を形成していた。この子どもの社会を統率するのがガキ大将だった。

農家が忙しくないときや休みの日には、子どもたちは群れをなして山野を飛び回っていた。

統率するガキ大将には、腕力もあり弱い子への配慮ができる子が自然にその地位についた。勉強ができるだけのひ弱な子や意地悪な子は決してガキ大将にはなれなかった。みんなで小さな子を守り、暗黙のルールがあって、集団の中でおきた問題は自分たちで処理した。いじめもあったが、陰湿《いんしつ》ないじめではなかったから、何らかの形でまわりからのフォローがあった。精神的に弱い子も、集団の中で鍛《きた》えられ耐える力を身につけていく。

太平洋戦争末期に私の住む手良村（現伊那市手良）に東京市世田谷の中里国民学校から五〇余名の児童が集団疎開《しゅうだんそかい》してきた。疎開児童は村内にある常光寺と無量寺の二つの寺院に分かれて宿泊し、そこから手良国民学校へ通った。地域の人たちはさまざまな形で支援はしたが、食糧不足の時代であり、子どもたちは常に空腹に苦しんだ、野の草や桑ズミなど食べられるものはみな食べ、それでも空腹に耐えられなくなって歯磨き粉や絵の具をなめて飢えをまぎらわす子どももいた。そんな状況の中で疎開児童と机を並べて学んだ手良の向山治男氏と故酒井春人氏は、こんな逸話を披露してくれた。拙著『祈りの里』に載せた一文であるが、当時の子どもたちの生きざまがあらわれていて面白いと思うので引用したい。

手良村内の食糧事情は、都市部に比べるとそれほど深刻ではなかった。男の働き手が少なく、また米の供出が厳しく課せられてはいたが、それでも純農村地帯である。苦しいながらも子どもにひもじい思いをさせることはなかった。しかし貧富の差が大きい時代であり、零細経営の農家、とりわけ小作農家の生活は厳しかった。

学校の昼食弁当にもそんな家庭の経済的格差が現れ、余裕のある農家の子どもは白米の弁当であったが、一方貧しい家では芋などを持たせた。児童の多くは豆飯《まめめし》や芋飯《いもめし》であった。学校では、こうした状況を憂えて白米だけの弁当の持参を禁止し、時々弁当検査をした。

弁当箱の素材も検査の対象となった。アルミは当時供出すべき金属に指定されていて、学校でも使用を禁止していた。当時はほとんどが木の弁当箱であったが、中には瀬戸びきの弁当を使うものもいた。当時3年生だった酒井春人少年は伯父からいただいたこの瀬戸びきの弁当箱が自慢だった。そして、この弁当をめぐって事件が発生したのである。

ある日のこと、カバンに入れておいた昼食前のこの瀬戸びきの弁当箱が忽然《こつぜん》と姿を消した。皆で探したがどこにも見あたらなかった。ところがその数日後、その弁当箱が空の状態で便所（肥壷《こえつぼ》）から発見されたのである。

疎開児童との生活について記憶に残ることが少ない手良の元少年達ではあるが、この事件は強烈な印象をもって記憶している。疎開児童の一人がこっそりとこの弁当を食べ、弁当箱をそこに捨てたことは明らかだった。その人物もほぼ特定できた。

しかし手良の少年達はこの事件を表に出さなかった。集団疎開の子どもたちが、食べられる土手の野草を食べ尽くし、それでもひもじい思いをしていることを皆知っていた。手良の子どもたちは相談し、この件は自分たちの腹に納めておこうということにした。当時は子どもが多く、子どもたちがひとつの社会を形成していて、自分たちの間で起きた問題は大人に相談することなく上級生を中心に自分たちで解決するのが常だった。

弁当の盗難事件はこうして表に出ることはなく、記憶の中に封印《ふういん》された。先生もこの事実を知るに至るが、知らぬ振りをした。当の酒井少年は、戻ってきた自慢の弁当箱をきれいに洗い、また使った。

ガキ大将が消えていった最も大きな理由は、子どもの数の減少とテレビの登場であろう。中でもテレビの普及とそれに続くゲームの人気は、子どもたちを家に閉じこめる結果となった。経済の高度成長期には、農家でも出稼ぎや兼業で経済的に潤い、カラーテレビを購入し子どもにゲーム機を買い与える余裕ができたのである。外で遊ぶ子どもが少なくなり、農村でも子どもの声が聞かれなくなった。地域における子ども社会が消滅したのである。

子どもを統率するガキ大将は無用の時代になった。時代の風潮も学歴優先となり、腕力や統率力のある子より勉強のできる子どもが高く評価されるようになっていった。親も、よい高校や大学に進むことを優先して考えるようになり、子どもの社会性や人に対する優しさを軽く見るようになった。こうした風潮の中で、子どもたちの中に陰湿ないじめが横行し、統率者を失った子どもたちは、それを見て見ぬふりをする。

子どもだけでなく、社会全体に弱者に対する優しさが失われていったのも、この頃からである。

子どもの受難《じゅなん》

児童虐待《じどうぎゃくたい》が増えている。育児放棄や親の暴力による陰湿《いんしつ》な虐待で子どもが命を落とすケースが近年目立つようになった。腹立たしくもやりきれない現実である。愛情に囲まれて育てられるべき児童が、最も身近で頼りとなるべき親から虐待を受けて死に至る。こんな悲劇があろうか。

昔も親の暴力はあった。私自身小学生の頃、親や教師にたたかれた経験を持つ。我々が育った時代には、親による子の躾《しつけ》や学校教育の場で、ある程度の暴力が是認《ぜにん》される風潮があった。貧しさと労働に追われる日常の中で、言葉で説諭《せつゆ》できない不器用な親が多かったこともある。暴力をふるわれた子どもは、自分にも非があるとして納得した。だが大人のそうした行動がどうしても納得できない場合や、親子の間に確たる信頼関係がない場合には、それが心の傷として大人になっても残ることがある。暴力は、たとえそれが愛情に基づくものであったとしても決して正当化されるものではない。

私は若い教員であった頃、些細《ささい》なことで生徒に手をあげた経験がある。今から思えば教師としてだけでなく人間として未熟であったが故であるが、今でもその時のことを思い出すと、その生徒にとって私の行為が心の傷になっているのではないか、と思い心が重くなる。暴力は加害した側にも心の傷となって残る。

近年の虐待には、食事を与えなかったり、繰り返し心身を痛めつけるような陰惨《いんさん》なものがある。知的障害者施設における殺傷事件の犯人にも言えることだが、こうした人間を単に異常者として片付けるのではなく、何故そのような行動に走るに至ったのか私は知りたい。我々の見えないところにある「社会の病理」であるとすれば、それを解明する必要がある。虐待を受けて育った子どもは、親になったとき、我が子にも虐待を加える可能性がある。そうした虐待の連鎖を止めるためにもその病理を明らかにすることは重要に思えるのである。

子どもに対する虐待事例で共通しているのは、親が子どもを自分の単なる所有物と考え、学校や行政機関の介入を拒んでいることである。子どもの人格を認めず、如何様《いかよう》にでも支配できる対象としてとらえている。虐待に至らなくても、子どもを自分の思い通りに支配しようとする親が近年増えているように思う。これは「教育」とは異質の「脅育《きょういく》」というべき現象だが、そこからは自己肯定感《じここうていかん》を持ったのびのびした子どもは育たない。育児に自信の持てない親は、子どもを自分の支配下に置かないと不安になり、ことある毎《ごと》に世話を焼き、思い通りにいかなくなると感情を爆発させる。

核家族化の進行によって、年寄りの育児に関する経験や智慧《ちえ》が若者に伝わりにくくなっている現実がある。高齢者は、子どもは大人の思うようには育たないことを知っている。そして、子どもは十分な愛情に囲まれて育ちさえすれば、素直で優しい子に育つことも。子どもが本来持っている内なる成長の力を信じ、忍耐強く、そしておおらかな気持ちで見守ることが肝要《かんよう》だということも経験の中で学んでいる。核家族化によって、そうした智慧を若い親に伝え活かすことができずに歯がゆい思いをしている高齢者は多い。

一〇　趣味が人生を豊かにする

ナガノパープル

趣味が老後の暮らしを支える

若い人に話をする機会があると、きまって言うことがある。それは若いうちから仕事以外のいろいろなことに興味を持ち、挑戦すべきだということである。食いかじりでもよい、三日坊主で終わってもよい、面白そうだと思ったら何にでも食いつき挑戦してみることが大切だ。その中には自分に合わないと気付いてすぐにやめてしまうものも多いだろう。まわりの人から見ると、なんと飽きっぽく移り気な人だと思われるかもしれない。しかし人の目を気にすることはない。いろいろなことに挑戦するうちに、面白いと感じて続けられるものがいくつかでも残るはずだ。それが老後の暮らしを支えたり、趣味として長く自分の生活を潤してくれる。

人には、自分で気づかないままに一生を終える潜在的な適性や能力がいくつかあるように思う。仕事以外のことに次々と挑戦することは、そうしたものを見つけ出すための「自分探し」である。

仕事一筋で趣味もなく、引退後は何をしてよいのかわからず無為《むい》に日々を過ごす老人は多い。私のまわりにも、退職後とりたてて趣味もないのでやることがなく、犬の散歩が唯一の楽しみ、という人がいる。価値観は人それぞれで、そうした単調な暮らしに満足する人もいるだろう。しかし「人生九〇年」あるいは「人生一〇〇年」などと言われる今の時代である。リタイアしてからの長い年月を、時間を持てあまして暮らすのはいかにも寂しいではないか。私は、そういう老後を迎えないためにも、若いうちに仕事以外でもいろいろな知識や知恵を貯《たくわ》え、趣味を養っていくことはきわめて大事なことだと思っている。

時には、若いうちから打ち込んできた趣味が、退職後に第二の人生としてその人の生活を支えるケースもある。その人は二度も人生を経験したことになり、幸せな人だということができる。

私の若い頃の経験を少し紹介したい。自慢めいた話に受け取られるかもしれないが、お許しいただきたい。

鍛冶屋《かじや》の見習い

私は、それほど貪欲《どんよく》ではないが、いろいろなことに興味をもち手を出してきた。三日坊主で終わったものや何年か続いたが年齢と共に続かなくなっていったものも多い。そんな中で特に印象に残っているものとして鍛冶屋に弟子入りした経験がある。

私の教員生活で最初の赴任地《ふにんち》は北信濃の農村で、小さな教員住宅をあてがわれた。静かな環境であったが、住宅から道路を挟んで斜め前の家が鍛冶屋だった。朝は薄暗いうちからカンカンと鉄を打つ音が響いてきた。はじめのうちはそれほど気にならなかったが、職人の仕事に興味を持つ私は、音の主がどんな仕事をしているのか知りたくなり、鎚《つち》の音が聞こえ始めると落ち着かなくなった。あるとき音に誘われてそっと見に行った。外はまだ夜が明けきっていなかったが、鍛冶屋の小屋は赤々と灯がともっていた。そこで鎚をふるっていたのは小野沢さんという七〇歳に近い鍛冶職人であった。恐る恐る少し見学させてほしいと頼むと、小柄な彼は、はじめ怪訝《けげん》な顔をしながら私を見上げていたが、私が隣に住む新米教員であることを知っていたこともあって、すぐに受け入れてくれた。

それから私の鍛冶屋通いが始まった。早朝、鎚の音が響き始めると、人びとがまだ起き出す前に私はここを訪れ、飽《あ》くことなくその仕事ぶりを見ていた。リズミカルに打ち出される鎚の音、ふいごで送られた風によって赤々と燃えるコークス、赤く焼けた鉄を水に入れる焼き入れの時に激しく上がる水蒸気、そして室内に充満《じゅうまん》する臭い。そのすべてが私には新鮮で心地よく感じられた。赤く焼けた鉄のかたまりが、彼の打ち下ろす槌の下で次第にカマや包丁に姿を変えていくのを見ているとワクワクした。

小野沢さんは若い頃古間《ふるま》（信濃町）で修業した人である。古間は信州鎌の生産地として知られる。切れ味のよい信州鎌は、今でも信濃町の特産品として販売され、土産物としても人気がある。ここで製造されているのは鎌だけではなく、鍬などの農具や刃物も多い。今は機械打ちが中心であるが、昔はすべて手打ち（手作り）であった。

小野沢さんは昔からの伝統的な手作りの技術を持ち、独立してからは自宅近くの小屋で昔ながらの技法で農具の製造や修理をし、それを生業《なりわい》としていた。

真っ赤に焼けた鉄を鎚一つで自在に形を作り鋼を焼き付けていく工程は見ていて飽きない。不器用を自認する私は、こうした職人を尊敬し、彼らの仕事を見るのが子どもの頃から好きだった。とりわけ伝統的な技術を駆使《くし》してものを作り上げていく職人技は、見ていて心が躍《おど》った。

鍛冶屋の世界は奥が深い。とりわけ刃物を作るとき、やわらかい地金《じがね》と固い鋼《はがね》の組み合わせや、焼きの温度については神経を使っているようだった。赤く焼けた地金を打つことで不純物を飛び散らせ、その過程で鋼を地金に貼《は》り付けていく。さらに鉄を伸ばしながら形を整え、その色を注意深く見て何度か水の中に入れて焼き入れをする。より固い鉄にするためである。休む間もなく進むその作業で、室内には張りつめた緊張感がみなぎる。地金に鋼を貼り付けるのに、昔はわら灰を使っていたという。その工程を特別に実演して見せていただいたが、見事なものだった。

鎌や包丁は鋼を地金の片側に付けるが、日本刀のように鋼を地金で両側から挟むように作ることである。日本刀は強度を保つため背の部分まで鋼が使われている。刀と刀がぶつかり合っても折れないためである。日本刀の美しい波形の紋は、研《と》ぎ出された鋼と地金の境界線である。近年は包丁も同じように地金で鋼を包む手法で作られることも多いと聞くが、こうして作られた包丁は、刀と同様両側から研がなくてはならない。

小野沢さんの作業を見、興味深い説明を聞くのが何よりの楽しみになっていた。そんな鍛冶屋通いが数ヶ月か続いたある日、彼が言った。

「あんたもひとつ向こう鎚をやってみるかね」

向こう鎚は、刀鍛冶などで見かけるが、大きな農具を作るときにもよく使われる。片膝を立てて柄の短い鎚で焼けた鉄を伸ばし形を作り上げていく主役の正面に立ち、主役と交互に柄の長い鎚を立ったまま振り下ろして作業を助ける助手である。助手とは言っても、鎚を打ち下ろす正確さと力加減、それに主役と呼吸を合わせることなどかなり重要な役割である。

はじめのうちはなかなか呼吸が合わなかったり、力の入れ方がうまくいかなかったりしたが、そこは昔薪《まきわ》割りをしたり鍬などを使って農作業をしてきた経験が生きて、だんだん上手になってきた。それから更に数ヶ月後である。

「自分の包丁《ほうちょう》を打ってみるか」

小野沢さんにそう言われて私はその気になった。もちろん彼の細かい指示や注意を受けながらではあるが、首座《しゅざ》に座り、鎚をふるって包丁の製作に挑戦した。何度もくりかえし見てきた作業ではあるが、実際に自分がやるとなるととまどうことが多かった。それでもふいごで風を送りながら焼けた鉄を伸ばしていくと、自分がいっぱしの職人になったような錯覚に陥る。根拠のない自信を持ちやすいのが私の欠点である。

出来上がった包丁は、形はあまりよくはなかったが自分としては満足できた。刃の部分がやや曲線となってしまったので、しばらく台所で使っていたが、のちに畑から採ってきた大根や人参などの葉を切るために屋外で使った。

こうした鍛冶屋通いが一年ほど続いたであろうか、師匠小野沢さんの弟子を自任するようになっていた私に岡谷市への転勤の辞令が出された。私は大きな楽しみを失うことになった。

師匠は出来の悪い弟子の私に手打ちの鍬を記念にくれた。これは私の宝ものとして今も使えないで大切にしている。若い頃のこの経験があるお蔭で、この年になった今でも、店先で刃物や農具を見るとそれなりの見立てができる。そして同時に、あの頃のことが思い出されて懐かしくなる。

自然の中で遊ぶ

若い頃から私は自然の中で遊ぶのが好きだった。麻雀《マージャン》もほとんどせず酒もあまり飲まなかった私は、自然の中に遊び場を見つけ、暇さえあれば野山を駆け回っていた。

私の初任地は北信濃の三水村（現飯綱町三水地区）にある高校だった。信越線沿いでは最北に位置する高校である。小林一茶のふるさとで雪深いことで知られる信濃町に隣接していたが、三水村はそれほど雪が多くはない。それでもひと冬に一、二回は屋根の雪下ろしをしないと雪の重さで戸の開け閉めができなくなることがある。

ここは海や野尻湖に近く自然が豊かな地だった。夏になると毎週のように海に出かけ、海水浴を楽しんだ。野尻湖ではうなぎを捕ったりヨット遊びに興じた。野尻湖伝統の一〇キロ遠泳には五回参加した。冬はスキーに熱中し、スキー部の顧問になったこともあって一冬に三〇日以上スキー場通いをした。黒姫スキー場や飯綱スキー場まで三〇分ほどで行くことができるという恵まれた条件があったからである。スキーは基礎から始めたが、やがてスピードを競う競技スキーに夢中になり、全て予選で敗退したが、県選手権や国体予選などの競技会にも出場した。そんなわけで私の顔は、夏も冬も国籍を問われるほど真っ黒だった。

春や秋は山菜やキノコ狩りに夢中になった。北信濃の山は植林が進んでいないため昔ながらの雑木林が多い。少し奥へ入るとブナの自然林もある。こういう山には山菜やキノコが多く自生するのである。同じ長野県でもカラマツ林や松林が多い中・南信地区はキノコの種類が比較的少ない。

キノコの鑑定については、独学であったが、腰を据えて勉強した。北信濃には、間違えて食べると死に至る猛毒のキノコがある。まず本を数冊買い、猛毒のキノコを徹底して頭にたたき込んだ。死に至るものやひどい腹痛や下痢を引き起こす猛毒キノコの種類はそれほど多くはない。一〇種類を超える程度である。これさえ頭に入れておけば大きな間違いを起こす心配はない。キノコの種類は多いが、毒キノコ以外は、食用になるもの、毒はなくても美味しくないもの、苦かったり辛《から》かったりしてそのままでは食べられないもの、などである。

秋になると山に入って沢山のキノコを採取して、家に持ち帰って調べた。本を見て鑑定するのだが、紛《まぎ》らわしくて名前が確認できないものもある。そんなとき顕微鏡《けんびきょう》で胞子《ほうし》を調べたりしたが、この方法にも限界がある。最後は試食あるのみである。まずこれが毒キノコでないことをしっかりと確認し、スライスしたキノコを醤油だけでお吸い物にして食べる。万が一のこともあるのでこれは家族には食べさせず自分だけで食べた。

また、名前がわかっていて、毒キノコではないけれど一般的には食べないキノコも多い。そんなものについても、なぜ食べないのか、どんな味がするかを知りたくなり、やはりお吸い物にして試食する。

結論から言うと、名前がよく知られていて誰もが食べているキノコが一番美味しいということである。それ以外のキノコは、毒はなくても苦かったり癖があったりしてやはり食用には向かない。毒がなくて美味しければ昔から食べている、というあたりまえのことである。

キノコのシーズンになるときまって中毒のニュースが流れる。一番多いのがカキシメジとウラベニホテイシメジによるもので、よく似た食茸があるのが原因である。これらはそれほど猛毒ではなく、腹痛と下痢程度である。毒キノコの範疇《はんちゅう》に入れられているキノコの中には、中毒症状が軽く、また早く毒素が排泄《はいせつ》されるものがある。そうしたキノコについては有効な利用法があるような気がする。例えばひどい便秘で苦しむ人にこれを少量服用させることによって効果があるのではないかと私は思うが、どうなのだろう。誰かそんな研究をしても不思議ではないような気もするが……。南米の密林に住むある集落では、我が国では毒キノコとされているオオワライタケの仲間を保存して、お祭りの時みんなで食べることによってハイになり、お祭りを盛り上げるのだという。

今は、キノコの季節と農業の収穫の時期が重なり、山へ入ることはほとんどなくなった。それでもキノコが懐かしいので春先に原木《げんぼく》に椎茸《しいたけ》やクリタケ、ナメコなどの菌が培養された駒を打っておいて収穫している。たまに、キノコの鑑定を依頼されることもあり、若い頃の経験が少しは役に立っているのである。

映画こそわが人生の師

私は子どもの頃から映画が好きだった。終戦直後から各地区を回ってくるナトコ巡回映画のファンで、小学校の校庭や体育館で上映されるこの映画会は何よりの楽しみだった。たまにノンフィクションの記録映画も上映されたが、私はむしろフィクションの世界が好きである。記録映画や偉人の伝記的な映画には教訓の押しつけが感じられ、それも嫌だった。現実の世界は見たままの世界だが、フィクションの世界には夢があり、様々な想像を膨《ふく》らませることができる。自由に想像し、自分が物語の主人公になりきるのは、何とも心地よく楽しいことだった。

高校生になると、映画館通いがはじまった。昭和三〇年代は映画の全盛期で、質の高い映画が多かったように思う。伊那市内には洋画館が一館しかなかったが、一週間単位で上映の演目が変わったのでほとんど毎週見に行った。当時の高校生は映画を何よりも楽しみにしている者が多く、定期テストの最終日は半日で帰れるので、映画館は高校生であふれた。

今もその傾向があるが、私は映画を見ているとその世界に没入してしまう。映画館を出てきた私はすでに主人公の顔と心になっていて、現実に戻るのにしばらく時間がかかった。

高校には映画好きの仲間がいて、暇さえあれば観てきた映画の論評や新作の話題で盛り上がっていた。『アラモ』や『ベン・ハー』、シネラマ『西部開拓史』が公開されたときには、伊那に回ってくるのを待ちきれず、仲間と一緒に電車に乗って東京の封切館へ観に行ったほどだ。

昭和三〇年代の初め頃にはすでにテレビジョンが普及し始めていたが、まだまだ一般的ではなく、映画が最大の娯楽だった。土曜日などは映画館が満員になることも珍しくなかった。『戦場に架《か》ける橋』が来たときなどは、立ち見席もすし詰めの状態だったことを覚えている。ヘンリー・フォンダ、グレゴリー・ペック、ウィリアム・ホールデン、ジェイムズ・スチュワート、ジョン・ウェインなどが好きで、彼らの写真を手に入れて仲間と交換したものである。西部劇が好きだったが、『鉄道員』や『十二人の怒れる男』のような映画も好きだった。

四〇代のころインドを一人で旅したとき、カルカッタでふらりと映画館に入った。どんな映画だったのか忘れたが、料金も安く館内はほぼ満員で熱気に満ちていた。当時はすでにインドでもテレビジョンが普及していたのだが、映画館が庶民の娯楽の場であることがすぐわかった。日本と違って館内は観客の笑い声や歓声が飛び交い、映画を本当に楽しんでいた。それは昭和三〇年代の日本の映画館の雰囲気とよく似ていて、懐かしい思いをした。

振り返って考えたとき、私は映画から多くのことを学んできたような気がする。単に娯楽として楽しんだだけではなく、いろいろな世界を知り、また様々な人生を映画を通じて体験することができた。映画抜きで今の自分を語れないような気がしている。映画好きが全てそうだとは言えないかもしれないが、没入癖のある私にとって、映画は人生の師だったと考えている。

映画評論家の淀川長治さんが伊那に来て講演したとき、著書にサインをもらい彼と握手した。あの時の感動を今も忘れることはできない。彼も、単に評論家としてだけでなく、映画を通して人生の多くを学んだ人だ。

最近の映画はスケールはやたらと大きいが、心を打つ映画があまり見られなくなった。映画館へ足を運ぶこともまれになり、その分テレビで見ている。たまにではあるが見終わった後、しばらく動けないほどの感動を与えられる作品に出逢うと嬉しくなる。

最近のハリウッド俳優では、マット・デイモン、デンゼル・ワシントン、モーガン・フリーマンそれにジョディ・フォスターが私は好きだ。

囲碁《いご》の楽しみ

「碁打ちは親の死に目にあえない」とは昔から言われてきた言葉である。碁に夢中になると時間がたつのを忘れて囲碁仲間と夜中まで打ちつづけるということなのか、それとも碁に集中していると、親の危篤《きとく》を知らされても勝負がつくまで席を立とうとしないからなのだろうか。いずれにしても褒められたことではないが、それだけ碁には人を夢中にさせる魔力があるといえよう。

囲碁のことを「爛柯《らんか》」ともいう。中国の故事から来た言葉で、囲碁に夢中になって時の経つのを忘れてしまう、ということを表す言葉である。爛は腐るという意味で、柯は斧などの柄《え》のことである。

中国の古代、晋《しん》の時代のことである。木こりの王質が山に仕事に出掛け、そこで四人の童子が碁盤を囲み碁を打っているところに出くわす。囲碁の好きな王質は、童子たちの熱戦を見ていて時の経つのを忘れてしまった。ふと気付くと手に持っていた斧の柄が腐っているではないか。急いで里へ下りると自分の知っている人は誰もいなかった。囲碁に夢中になっているうちに数十年が経過していたのだ。

気がついたら日が暮れていたなどという話ではなく、数十年が過ぎていたというのはいかにも中国の話らしくスケールが大きい。日本の浦島太郎伝説を想起させる話でもある。爛柯という言葉は転じて、遊びに夢中になって時の経つのを忘れる、という意味にも使われているらしい。

私も若いころ岡谷市の碁会所《ごかいじょ》に通った。誰でも自由に利用できる無人の碁会所で、最後の人が戸締まりをして帰るきまりになっていた。私はそこで、市内で小児科医院を開業している医師と気が合い、碁をよく打った。土曜の夜など翌日が休みとあって時間のことは忘れ、気がつくと空が白々と明るくなっていたこともある。

将棋、囲碁、麻雀は屋内のゲームとしては最も大衆的な遊びである。その中でも囲碁というゲームは、その奥の深さと人を夢中にさせる点で抜きん出ているように思う。私は若いころ将棋も麻雀もかじったが、碁の面白さや奥の深さには及ばないように感じている。

近年は、囲碁を楽しむのは高齢者が中心になってしまったが、論理的な思考力や集中力を養うゲームとして、学校教育の場でも取り上げられるようになっている。

農村でも囲碁を趣味にしている人はいる。地方都市も含めて農村地帯は碁会所が少なく、全くないところもあって碁を楽しむ条件としては恵まれていない。しかし定年退職者を中心に定期的に集まって碁を楽しんでいるのである。

私の住む伊那市にも過去においては碁会所が何ヶ所かあったが、今は姿を消した。それに代わって地区の集会所などの公共の施設を会場にして週一、二回、囲碁好きの仲間が集まるケースが多くなっている。社会福祉協議会でもほぼ毎週、会場を無償で提供して楽しませてくれている。そうした碁会に集まる人々はみな顔見知りであり、仲間がどの程度の棋力《きりょく》で碁風《ごふう》はどうかなど皆知っている。それぱかりかその人の人柄や過去の仕事なども知っていて碁を打ちながら世間話をすることもある。常連の仲間がしばらく来ないと気になる。碁をたくさん打って強くなろうという人は少なく、その一局一局を楽しみたい人が大多数である。冗談を言いながら和気あいあいと打つことが多いが、時には勝ちたい一心でちょっとした口論になることもある。

私も囲碁が好きで、冬期間はほぼ毎週のように集会所の碁会に通っている。春から秋にかけては農作業が忙しく、昼間に行われる碁会なので思うように行けないのが寂しい。自称《じしょう》田舎五段だが、実際の棋力は三段くらいだろう。一、二級の人から五、六段クラスの人までいて、いろいろな人と打てるのも楽しい。碁会のある日は、午前中にできるだけ農作業を間に合わせて出掛ける。仕事が間に合わないときは行かないか、行っても二時間くらいで帰ることにしている。

囲碁の魅力は色々あるが、「手談《しゅだん》」などと言われるように碁石を並べることにより相手との対話ができるのが楽しい。例えばこんな具合にである。

「あなたのこの石は弱いのではないですか。生きることができますか」

「いやいや、弱いのはあなたの方です。私のこの石をどうやって凌《しの》ぎますか」

碁にはその人の性格があらわれるので、地に辛い人や大模様を張る人など相手の碁風に対応して打つのも楽しいものである。盤面が広く、一ヶ所で失敗してもそれをうまく生かして全体的な戦略で勝つことができるのも魅力だ。そうした広角的な戦略は人生にも通じるものがある。平安時代の貴族や皇族も、また戦国時代の武将も囲碁をたしなんだ。囲碁の奥深さや楽しさは時代を超えて人々を捉えている。

田舎暮らしは比較的ストレスがたまりにくいが、ストレス解消には最適な遊びであるといえるだろう。また、近年ボケ防止に効果があるとして注目されている。碁はひとりだけでするゲームではないから、同じ頭を使うにしても読書のように一方的に推理し考えるのではなく常に相手の立場に立って数手先まで読まなくてはならない。そうした思考がボケ防止には有効なのだという。

囲碁には「殺す」「死んだ」「目を潰す」「目を取る」など穏やかでない用語がしばしば使われる。囲碁に興味のない妻は、ＮＨＫの囲碁番組でこんな言葉が出てくると、何と恐ろしい遊びだと言わんばかりの顔をする。それでも囲碁を打っている間はボケない、という私の言葉を信じて、私がこのゲームに夢中になることに反対はしない。目覚めたときと就寝前、寝床の中で詰め碁を解くのが私の日課になっている。覚醒剤《かくせいざい》と眠り薬の役割を果たしているのである。囲碁を打ったり詰め碁を解いたりしていると、嫌なことがあっても全て忘れて没頭できるのは嬉しい。

今の若い人たちは忙しく、時間的にも精神的にも時間をかけてこの頭のゲームを楽しむ余裕がないように見える。しかし、高齢者になっても楽しめる遊びとして大いに推奨《すいしょう》したい。

音楽の愉《たの》しみ

今の私にとって、音楽を聴くことは生活の一部になっている。演奏するのでもなく歌うのでもない、ただレコードを聴くだけであるが、音楽抜きの生活は考えられなくなっている。レコードはCDが中心であるが、LP盤も含めて三〇〇枚ほど持っている。あらゆる分野の曲を聴くが、中心はクラシックである。

クラシック音楽との出会いは学生時代だった。それまでは古典派の作曲家の名前は知っていたが、ラジオから流れてくる演奏を聴いてもその良さがわからず、ただ退屈するばかりであった。しかし演奏が終わったときの鳴りやまない拍手を聞きながら、私は考えた。

「これだけ多くの人を魅了《みりょう》し感動させるクラシック音楽を、自分が理解できないはずはない」

ピカソなどの抽象画に出会ったときも同様に感じたが、当時の私には、人がわかることなら、たとえ今理解できなくてもやがては自分にもその良さがわかるようになる、という自信のようなものがあった。

ある日、上野公園を散歩していてたまたま東京文化会館の前を通りかかったとき、見知らぬ婦人から当日の演奏会のチケットを購入した。急に都合が悪くなったから買ってほしいと頼まれたのである。

曲はベートーヴェンの交響曲第五番「運命」とレオノーレ序曲、それにもう一曲だったように記憶している、指揮者はロリン・マゼールで、演奏はチェコフィルだったように思うが、これは不確かである。最前列のほぼ真ん中で聴いた初めてのベートーヴェン。しかも第五番である。私はその迫力に圧倒され、しびれた。これがきっかけでレコードを買い古典音楽を聴くようになったのである。

かくして根拠のない自信と偶然が私を音楽の世界に引き込み、生涯の楽しみを与えてくれることになった。当時は貧乏学生でもあり、家から持ってきた真空管《しんくうかん》のラジオと携帯型のプレーヤーをつないで使っていたのも、今思い出すと懐かしい。音楽を聴くのに音響《おんきょう》機材《きざい》が全てではない、と私は感じている。今の私はそれなりの器材を揃えてはいるが、学生時代に震えるような思いで聴いた曲を、今聴いてもそれほどの感動を味わうことができないこともある。

私はモーツアルトとチャイコフスキーの曲が好きで、演奏会の演目にこの二人の作曲家の曲目があるときには、少し遠くても会場に足を運ぶ。特にこだわるわけではないが、たまにしか聴くことのできないこの二人の曲を聞き逃すと悔いが残る。

ロシアの作曲家チャイコフスキーの音楽は、その叙情的な美しい旋律《せんりつ》とロシアの大地を思わせる力強さ、土臭さが魅力だ。交響曲第四番などは特に迫力があって、聴いているだけでパワーが湧いてくる思いがする。チャイコフスキーの音楽との出会いは池袋の百貨店であった。それが館内放送で流れてきた曲があまりにも美しく、案内嬢に誰の曲か問い合わせて貰った。それが交響曲第六番（悲愴）の第一楽章の主旋律だった。

モーツアルトの音楽はいろいろな点でチャイコフスキーと対照的である。

モーツアルトの交響曲の中で、三十九番、四十番、四十一番がよく知られているが、その中でも四十番ト短調はとりわけファンが多く、私も大好きな曲だ。指揮者の故岩城宏之に言わせると、最後の交響曲三曲はモーツアルト自身の中では一体のもので、三十九番は第一楽章、四十番は第二楽章、そして最後の四十一番（ジュピター）は終楽章として位置付けられている。そのため第二楽章的な色合いを持つ第四十番は、聞く者の心を癒してくれるため愛好者が多い、と言うのである。交響曲には珍しい短調であることも癒しの音楽になった理由かもしれない。短調の曲は暗く、聞く者をして落ち着いた気持ちにしてくれる。

私は貧乏学生の頃この曲が好きで、第一楽章のメロディーを時々口ずさんでいた。苦しく辛い時などこのト短調の有名な旋律聴くと心が救われる思いがした。モーツアルトの音楽の持つ優しさに起因するのだろうが、モーツアルトの音楽は、どんな曲でも、あのレクイエムでさえ横になったりBGMとして気楽に聴いたりすることができる。

さて、神童《しんどう》あるいは天才としてのモーツアルトについて触れておきたいが、この事については多くの人が語り、証言している。私は学生時代に小林秀雄の『モオツアルト』を読み感銘を受けた、モーツアルトに関する文章として卓越《たくえつ》したものだと今でも思っている。彼はその中で、天才モーツアルト自身の書いた手紙を紹介し、その天才ぶりを示した。その内容はおおよそ次のようなものである。

構想は、まるで奔流《ほんりゅう》のように心の中に鮮やかに姿をあらわす。それがどこから来るのか私には分からない。旋律が頭の中で完成すると、たとえそれがどんなに長いものであっても容易に忘れない。だから譜面《ふめん》に写す時、世間話をしながらでも書くことが出来る。

あふれ出る構想を回りの人と冗談を言いながら譜面に写し、しかも彼の原譜には修正の痕跡《こんせき》すらないという事実は驚くべきことであり、「神に選ばれた天才」としか表現のしようがない、と小林秀雄は書いている。

後にわかったことだが、有名なこの手紙は一九世紀になって作られた偽作だった。小林秀雄はそれと知らずに引用したのである。しかしモーツアルト研究家として知られる元国立音楽大学学長の海老沢敏は『モーツァルトを語る』のなかで、この手紙に書かれている彼の創作の仕方は、天才にしてできる、本当の天才的な作り方を端的に表している、と解説している。

交響曲をはじめオペラなど六〇〇曲以上の曲を残して三五歳の若さでこの世を去った稀有《けう》な天才のお蔭で、われわれは大きな楽しみを得ている。しかし、同時代の音楽家、とりわけ作曲家にとってはやりきれない存在だったことは充分想像できる。

映画『アマデウス』は、モーツアルトの実像を必ずしも正しく描いてはいないが、あの中で宮廷作曲家サリエーリがモーツアルトの才能に激しく嫉妬《しっと》し、彼にのみ非凡な才能を与えた神に対して復讐する、という筋書きは面白かった。サリエーリは、モーツアルトを毒殺したと告白して話題になった作曲家である。

ゲーテはエッカーマンとの対話の中でモーツアルトをこんな風に評している。

悪魔《デーモン》というものは人間をからかったり馬鹿にしたりするために誰もが努力目標にするほど魅力に富んでいてしかも誰にも到達できないほど偉大な人物を時たま作って見せるのだ。……音楽における到達不可能なものとしてモーツアルトを作り上げた。

偉大なるゲーテにとっても、同時代のモーツアルトへ深い敬意と愛情を感じながら、一方であまりの図抜けた才能に対して嫉妬した。「悪魔の作り出したもの」という言葉には、この偉大な思想家の人間臭さが現れていて面白い。

読書遍歴《どくしょへんれき》

市内高遠町にある古本屋の主人と親しくしている。彼は埼玉県出身で、若い頃高遠町を訪ね、その静かなたたずまいに惹かれ、六十歳になってこの町に越してきたという変わり種である。しかし、店頭を訪れる客はきわめて少なく、店が閉まっていることも多い。人口数千人の小さな城下町では、とても商売が成り立たないだろうと思うのだが、彼の場合ネット販売が中心になっているようである。

その彼が語る日本人の活字離れは深刻で、古書店を始め小さな本屋の経営が近年は成り立たなくなり、神田の古本屋街でも店をたたむ店が増えているという。彼は高遠町へ来る前、某大学の近くに店を構えていたが、大学生ですら本を読まなくなり、商売にならなかったという。

昔は大学生に限らずよく本を読んだ。読みたい本に出会うと、自分の蔵書として手元に置きたくなり無理をしてでも購入した。お金がなくても不思議と図書館はあまり利用しなかったのである。本の魅力はそれほど大きく、また大学生にとって多くの本を所有することが一種のステータスになっていた。私は貧乏学生だったが、本だけは金を惜しまず買ったような気がする。

私の本格的な文学との出会いは高校時代である。そのタイトルに惹かれパール・バックの『大地』を読み大きな感銘を受けた。中国を舞台に貧農から大地主に成長する主人公とその息子たちの物語である。今ではその細かい筋書きは記憶にないが、当時農業を目指していた私にとって、大地に根を張って生きることの誇らしさを感じ、自分の将来すすむべき道に確信を持てたように記憶している。その後も高校時代に何冊かの本を読んだが、中でもドストエフスキーの『罪と罰』を読んだときの衝撃は大きかった。主人公の貧乏学生のラスコーリニコフが、自分のように選ばれた者は人類のために世間の道徳律を踏みにじる権利があるとして、金貸しの老婆を殺すことでその理論を実践する。そしてその後、罪の意識におびえ自首してシベリアに送られるという筋書きである。この作品は心理分析が鋭く、人間の本質について考えさせてくれる小説で、私にとってドストエフスキー文学への入門書でもあった。

大学へ進学してからは夏目漱石に出会い、日記も含めてほぼ全ての著書を読んだ。中でも『こころ』と『それから』が強く印象に残ったような気がする。また、友人の影響で太宰治の作品やその生き方に惹かれ、やはり全ての著書を読んだ。『晩年』『斜陽』や『人間失格』も好きだが『津軽』のような作品も私は気に入っている。彼の語りかけるような文章は魅力的で、すっかりファンになった。桜桃忌《おうとうき》には少し恥ずかしくて行けなかったが、やはり太宰文学が好きな友人と一緒に三鷹の禅林寺へ墓参りに行った思い出がある。

アメリカの小説家メルビルの『白鯨《はくげい》』（モービー・ディック）を読んだときの印象も忘れることができない。片足を食いちぎられた運命の宿敵である白鯨を追うエイハブ船長の執念が、大海原の描写と重なって迫ってくる展開に、興奮しながら読んだ記憶がある。三畳の下宿で、オー・ヘンリーの短編小説に夢中になったり、ヘルマン・ヘッセの『車輪の下』を心ときめかせながら読んだのも懐かしい思い出である。

青春はうるわし
されどそははかなく過ぎゆく
楽しからんものは楽しめ
明日の日は確かならず

こんなヘッセの詩を時折口ずさんでいたが、アルバイトで明け暮れた貧乏学生にとって、楽しむといえば読書くらいだった。

読み始めたら一気に読むのが私の読書法で、気がつけば朝になっていた、ということもしばしばだった。

私が学生時代の大半を過ごした下宿は豊島区の雑司が谷にあった。三畳間で、風呂はなく便所も共用の暮らしだが、私にとっては充分だった。下宿から五〇メートルほど東へ行くと広大な雑司ヶ谷霊園で、ここには夏目漱石をはじめ、島村抱月、永井荷風、泉鏡花それに小泉八雲の墓があり、これらの墓めぐりは私のお気に入りの散歩コースになっていた。

私には、気に入った本を見つけると衝動的に買う癖がある。ある時新宿の本屋で三木清の『人生論ノート』を見つけた時など、帰りの電車賃がなくなることを承知で購入してしまった。買った後、新宿から池袋まで夜道を歩いて帰らねばならない羽目になった。

良い本を沢山所有することが当時の学生の誇りだった。蔵書が知識人としてのステータスだっただけでなく、友人の下宿に遊びに行ったときなど、書棚に並んでいる本を見ればその友の大体の思考傾向や知的水準がわかるような気がしたものである。難しそうな専門書が多く並んでいるのを見ると、それだけでその友への尊敬の念を抱いた。高価な百科事典を無理して購入した背景にはそうした見栄もあった。

今はすっかり状況が変わってしまった。読書が趣味という人は急激に減り、大学生ですら本を読まなくなった。テレビやパソコン、それにスマホなどの普及で、読書より手っとり早く楽しめるものが登場したのが大きな要因だろう。世の中が忙しくなってきたことも一因かもしれない。何か調べたいことがあっても、スマホなり電子辞書で充分用が足りる時代である。

本はむしろ邪魔者として扱われることが多くなった。古本屋の主人に聞けば、大枚をはたいて買った百科事典や文学全集、日本史や世界史の全集なども買う人がほとんどないという。私は千冊を超える蔵書があるが、子どもはもちろん孫も読みそうもないし、この本はどうなるのだろう、とふと思うことがある。ほとんど読まないまま書棚を占拠している本も多いが、若い頃の思い出がつまった本もある。今は長編の小説などを読む根気がなくなってしまったが、いつかまた読み返したい本もある。結局私が生きている間は本の整理はできそうもない。

現代は活字離れがすすむ時代ではあるが、私は多くの人が読書に熱中する時代に青春時代を送れたことを幸せだと思っている。読書の楽しみを知り、多くのことを読書を通じて学んだことは、何物にも代え難いことだったと思っている。

一一　食文化

クサソテツ（コゴミ）

昆虫食《こんちゅうしょく》が世界の食糧危機を救う

長野県人は昆虫をよく食べることで知られる。中でも私が住む伊那谷は、世界でも屈指《くっし》の昆虫をよく食べてきた地区である。昆虫なら手当たり次第何でも食べた。

私が食べてきた昆虫をあげると、イナゴ、蜂の子、カイコのサナギ、ザザ虫、カマキリ、キリギリス、コモソウ、ゲンゴロウ、トオクロウ、とっこ虫などである。その他、私は食べたことがないがまわりの人が食べていた昆虫には、コオロギ、カブトムシの幼虫、蝉の幼虫などがある。

この中でイナゴは、昔の農家にとってとりわけ貴重な栄養源だった。海に面していない信州では古代からの伝統食であり、地域によっては「陸《おか》えび」とも呼ばれた。稲刈りのころになると専用の袋を作り、一家総出で捕った。子どもも大人も夢中で追いかけた。イナゴは朝露のあるころが動きが鈍《にぶ》く捕まえやすいので、その時をねらって捕りに行くこともあった。また稲刈りの終わりころ、田圃の隅に追いつめられたイナゴを、稲刈りそっちのけで家中で捕ったりもした。時々交尾中のイナゴもいて、一度に二匹捕れるので得をした気分になったものだ。イナゴ捕りをしているとカマキリやキリギリスなどイナゴ以外の昆虫もいて、それらも手当たり次第に捕った。

捕ったイナゴは、その晩のうちに熱く焼けたホウロクの中に入れて炒る。この時、ふたをかぶせるタイミングがずれると、熱さに驚いたイナゴが逃げ出してしまうのでコツが必要である。炒ったイナゴは醤油と砂糖で煮付けて保存する。小さい子どもは足がのどに刺さるから飛び足だけ取って食べさせた。当時イナゴが嫌いだという人の話は聞いたことがなかった。好き嫌いの問題ではなく、先入観なく食べれば誰でもおいしいと感じる昆虫であり、また農家にとって必要な栄養食品でもあった。

水田で農薬が使用されるようになるとイナゴは次第に少なくなり、今では姿を見ることさえまれになってしまった。イナゴで育ってきたともいえる我々世代にとっては寂しいことである。今でも伊那の食材店に行くと、食べるだけになっているイナゴが売られているが、かなり高価で、今更お金を出してまでして食べようとは思わない。

栄養食品という点で言うと、カイコのサナギも貴重な食べ物だった。昭和三〇年代まではどの農家でもカイコを飼っていた。明治時代から昭和中ごろまでの農家を支えてきたのは養蚕である。農家は一年に数回カイコを飼ったから、サナギを手に入れることは容易だった。農家から出荷されたカイコの繭《まゆ》は、製糸工場で直《ただ》ちに高温の蒸気で処理し、繭の中のサナギを殺す。遅れると羽化して繭を食い破って出てきてしまうからである。その繭から糸を取り出すと大量のサナギが残される。この多くは鯉などの魚のエサとして利用されるが、農家に還元されて食料になるのである。

サナギはホウロクを使って油と塩で炒るだけの簡単な調理で食べるのだが、食卓に上ることも多く、また子どもが遊びに行くときにポケットに忍ばせておやつ代わりに食べた。栄養価も高いのでどの家でも例外なく食べていた。

蜂の子は昔からご馳走の部類で、結婚式などの祝いの席には必ず出てきた。昆虫食の中で最もおいしいものはと問われて、蜂の子と答える人は多い。蜂はクロスズメバチが中心ではあるがキイロスズメバチやオオスズメバチの幼虫も食べる。子どもたちは家の周辺に小さな巣をかけるアシナガバチの巣を落としてよく食べた。食べるのは幼虫だけではなく蛹《さなぎ》も成虫も食べた。とりわけ蛹は生で食べると甘みがあっておいしい。やはり砂糖と醤油で煮付けて食べるのが一般的だが、ご飯に炊き込む蜂の子ご飯は絶品である。

クロスズメバチは伊那ではスガレと呼んでいるが、地中に巣を作ることから地蜂と呼ぶ地域が多い。食べてもおいしいが、蜂に餌《えさ》を持たせて巣を見付け出すスガレ追いが楽しく、昔は子どもと一緒に大人も夢中になったものだ。今でも伊那には地蜂愛好会があって一部の大人が継承し、子どもにも体験する場を与えるなどして普及に力を入れている。

ザザ虫は水中に住むトビゲラやカワゲラの幼虫である。ヘビトンボの幼虫マゴタロウ虫もこの仲間である。これも昔から珍味として知られ、天竜川や三峰川のザザ虫漁は冬の風物詩であった。今もザザ虫漁は行われているが、食べる人はわずかになってしまった。生きているこの虫は緑色のものもあってかなりグロテスクである。一回り大きいマゴタロウ虫などは、絶対に食材の範疇《はんちゅう》に入れたくないと思うほど不気味である。最初にこれを食べるにはかなりの勇気が必要といえよう。それでも食べると美味しいため昔から食べられてきた。

とっこ虫は伐採した桑やくるみなどの樹木の幹や根の部分にいる虫である。桑の木などを風呂や台所の燃料にするために割っていると出てきて、ややグロテスクではあるが焼いて食べると甘く香ばしい味がしておいしい。昆虫食の中でこれが最もおいしいという人もいる。今は木の根などを焚き物にすることが少なくなり、この虫を手に入れることが難しくなってしまった。幻《まぼろし》の食用昆虫である。

ゲンゴロウやトウクロウは水中に住む昆虫である。大型のこの虫は、羽と頭を取って煮付けて食べる。見た目は大きいので少し抵抗はあるが、おいしい虫である。私は弁当のおかずとしてよく食べたものだ。肉食の昆虫なので、溜池《ためいけ》などでトノサマガエルを餌にして釣り上げるのが子どもの頃の楽しみだった。昔はこのゲンゴロウやトウクロウが多く、おもしろいほど捕れた。羽があるので夜中に空中を飛び回り、月夜の晩などトタン屋根が光って見えるので、池と勘違いして屋根に激突するというそそっかしい虫でもある。

肉が貴重だった時代、農家の子どもたちはせっせとこれらの昆虫を捕って、家族の栄養源を確保していたのである。

こうした昆虫食の話を若い人の前で自慢げに話す人がいるが、私はできるだけしないようにしている。相手が男性の場合は「また始まったか」程度の受け取られ方ですむ。しかし若い女性にこんな話をしようものなら、上目遣《うわめづか》いに、野蛮人《やばんじん》かエイリアンでも見るような顔をされるのがオチである。しかし伊那谷における昆虫食は伝統的な食文化である。我々の年代の者にとって、そうした文化が消えていくのを見るのは寂しい限りである。

伊那地方に昆虫食が文化として根付いた理由はわからない。昆虫まで食べなければ生きていけなかったほど貧しい地域だとは考えたくないし、それが理由とも思えない。伊那人は何事にも好奇心が強く、食べものについても見た目や先入観に囚われないで美味しいものを求める地域性がある、ということにしておこう。

この昆虫食が今、世界的に見直されているという。アジア、アフリカの人口増加がすすみ、近い将来地球的な規模での食糧不足がやって来るという予測がなされている。現にアフリカでは地球温暖化による砂漠の拡大や内戦によって飢餓地域が拡大している。一方で食糧生産には限界があり、この限られた食糧をめぐって奪い合いが始まるというのである。先進工業国だけでなく中国などの大国がエネルギー効率の悪い肉を大量に食べるようになっていることも、将来の食糧危機に拍車をかけることになる。穀物の段階で消費すれば多くの人間を養うことができるが、牛や豚などの家畜を育てるのに大量の穀物を飼料として消費するのは、著《いちじる》しく非効率である。

この食糧危機を救う一つの方策として昆虫食が見直され、さらに未来食《みらいしょく》としても研究され一部では実用化に移されているという。

二〇一九年二月一七日、伊那市において「美味しい昆虫シンポジウム」が開催された。講師として招かれた（株）昆虫食の entomo 代表松井崇氏は、古代から食べ続けてきた昆虫は、持続可能な未来の動物性蛋白源として大きな可能性を秘めている、と熱く語った。世界的にも食用昆虫の研究と養殖による大量生産が始まり、二〇一四年にはオランダで第一回目の「昆虫食と昆虫飼料の国際会議」が開催され、二〇一八年には第二回目の国際会議が中国で開催された。

今注目されているのは、コオロギを施設内で大量に養殖し、それを粉末にして小麦などに練り込んで食べることだという。コオロギの大量飼育はそれほど難しいものではなく、安価な蛋白源を大量に確保する手段としてすでに実用化が始まっている。昆虫食が、将来の食糧危機を救うために大きな役割を果たす時代がやって来るというのは、それほど突飛《とっぴ》な発想ではない。

昆虫食の先進国はメキシコである。今でも首都メキシコシティーでは、昆虫が食品売り場に堂々と並んでいるという。先住民族アステカ族の伝統的な食文化を継承し、今でも貴重な食材として人々に利用されている。ここではセミ、バッタは勿論カメムシや芋虫《いもむし》、さらにはハエやアリの卵まで食べているというから驚きである。高タンパク、低脂肪の食材として日常的に食べられているという。昆虫食の先進国として今後注目されるようになるかもしれない。

今の若者は、子どもの頃から美食《びしょく》に馴れ、昆虫といえば「ムシ」として嫌う傾向にある。昆虫食に親しんできた我々との感覚的ギャップは大きいが、これを埋める工夫と地道な努力が必要なのだろう。一部ではあるが、東京や大阪などの大都市の若者が関心を持ち始めているという情報もあり、この伝統食の継承に少し期待ができるかもしれない。

昆虫食の普及拡大には、物珍しさや懐古《かいこ》趣味ではなく、味の良さでアピールするのが王道《おうどう》と言えよう。味覚に優れ、ナメクジの親分にも似たナマコさえ食べてきた日本民族が、昆虫のおいしさを理解できないはずはないからである。

フォアグラはまずい

大分前になるが、私は妻と娘の三人でヨーロッパを旅したことがある。パリを観光したとき、一度本場のフォアグラを食べてみたいと意見が一致し、旅行案内書でおすすめのレストランへ入った。出されたフォアグラに期待は高まった。ところが一口食べた途端、妻も娘も顔を見合わせた。こんな脂の塊《かたまり》のような肉のどこがおいしいのだろうと、みな思った。私も含めてそれ以上この高級食品を食べようとはしなかった。私たちの味覚が絶対とは思っていないが、これをおいしいと感じる味覚は自然ではないとその時思った。自分で作ったものを食べている農民の舌は、少なくともそれが自然な味か不自然かを感じ取ることはできる。フォアグラは自然の味ではない。

フォアグラはよく知られているように、ガチョウやアヒルに強制的にたくさんの餌を食べさせ、肥大した肝臓を食材にしたものである。フランスでは伝統的な食材とされるが、高価なため美食家や金持ちが主として食べているようである。強制的給餌《きゅうじ》が鳥に苦痛を与えているとして批判の対象になってもいる。ガチョウが苦痛を感じているかどうかはさておくとしても、ガチョウに栄養価の高い餌を無理矢理《むりやり》食べさせてメタボにし、その結果異常に肥大した肝臓を食べているのであり、とても自然な食材とはいえない。わざと病的で重度の脂肪肝にして、それを美味しいと言って食べる味覚は、どこか異常なのではないか。新鮮な野菜や里芋の煮っ転がしを美味しいと言って食べている田舎の農民は、そんな風に思うのである。

味覚は人それぞれであるから断定は避けるが、フォアグラが世界三大珍味の一つだとしてもてはやされることには、大いなる違和感を持つ。もっとも筆者も含めて農村に住む者は、野菜や穀物、果物などが食事の中心となり、うまみ成分の元とされる脂肪についてはあまり魅力を感じない人が多い。したがって刺身も大トロよりも中トロや赤身の方がおいしいとする人が多いのは事実である。脂肪の多いステーキや大トロなどを美味しいと食べていると、生活習慣病になりやすく健康的ではない。これは自然な食品ではないからだ。長野県が長寿県である所以《ゆえん》は、野菜や果物をよく食べ、高級と呼ばれる食材に手を出したがらないことが一因かもしれない。一〇二歳で亡くなった私の母は、自分の畑で作ったものを好き嫌いなく食べ、外食はほとんどしたことがなかった。自然で、質素な食事が体には一番である。

農薬まみれの食材

春から秋にかけての我が家の食卓は、畑から直行する野菜が多い。時には虫がついていることもあるが、至って新鮮である。虫が付いていることは、安全な食品である証拠になる。農薬は全く使わないか、必要最小限に抑えて栽培されたものである。

スーパーに並ぶ野菜は、大量の農薬を使って栽培されているものが多い。それらの農薬については安全性が確認されてはいるが、それも今の段階において残留や体への影響が確認されないということである。絶対に安全という農薬などない。今安全とされている農薬でも、今後の研究で人体への悪影響が立証されれば、いつ使用禁止になるかわからない。ＪＡの野菜部会や果樹部会による栽培指導会に毎回出ているが、毎年新しい農薬が登場する一方で、いくつかの農薬が使用停止の扱いになっている。

農薬には殺虫剤と殺菌剤、それに除草剤の三種類がある。虫や細菌類、それに植物を殺したり枯らしたりする薬が、人間に全く害がないということは考えにくい。現段階ではさしあたって有害とはいえない、ということなのである。

したがって農薬を全く使わないで栽培された穀物や野菜、それに果物が理想であり、体も自然にそれを受け入れるだろう。しかし、このような無農薬栽培の野菜や穀物があまり普及しないのには理由がある。第一にこうした栽培は大量生産に向かないことである。病気や虫害を防ぐのに農薬を使わないとすると、かなりの労力が必要になり、それを怠《おこた》ると商品にならない。多くの労力が必要であるということは、採算を取るためには高い価格を設定せざるを得なくなることを意味する。それでも無農薬や有機栽培にこだわって農業をしている人もいるが、そうした農家があまり増えないのが現実である。

無農薬や減農薬の野菜や穀物が市場に多く出回るためには、消費者の意識改革が求められる。外見にとらわれず、曲がった胡瓜や虫食いの野菜であっても苦にしないで買い求める消費者が増えていったとき、初めて可能になる。

山菜《さんさい》の魅力

山菜は季節の移り変わりを教えてくれる食材である。アクが強いものもあるが、それも魅力になっている。四月から五月にかけて、スーパーには春を告げる山菜が並ぶ。我々農民から見るとかなり高い値段がついている。

昔から農家の屋敷は広く、家のまわりに畑や林を持つ家も多い。その庭や畑の一角に蕗《ふき》や茗《みよう》荷《が》を植えて、春先の新芽や花を食べる。私の家もさまざまな植物が植えられている。蕗や茗荷のほかに独活《うど》、コゴミ（くさそてつ）、紫蘇《しそ》、ニラ、行者ニンニク、タラの木、こしあぶらなどである。独活やコゴミは山に生える野生のものの方が風味が強くて美味しい。山菜は名前のとおり山で自然のまま育ったものが最高である。しかし、山菜を採る時期と農作業が忙しくなる時期が重なることが多いため、農家では山から採ってきた根の付いた山菜を屋敷や畑に植えるのである。屋敷内で育てたさまざまな山菜を居ながらにして採取できるのは嬉しいことで、田舎に住む者ならではの特権である。ちなみに我が家で採れる山菜を紹介しよう。

独活は、野生のものを陽当たりの良い畑の隅に一〇株ほど移植して育てている。三〇センチほどに伸びた茎を食べるのだが、やわらかい茎にするため春先に株のうえにワラや土をかけて陽があたらないように手を入れている。茹《ゆ》でて胡麻和《ごまあ》えなどにして食べるが、さっと茹でて酢に漬けておいたものはさっぱりしていて、また瓶詰めにしておくと長期間食べることができるので重宝である。皮の部分も油で炒めて食べるので捨てるところがない。

ニラや茗荷は農家であればたいがい屋敷内に植えられている。とりたてが台所に直行することが多く、美味しい。茗荷の花は風味があって刻んだものを味噌汁に入れたり醤油をかけて食べると美味しいが、わたしは一〇センチほどに伸びた若い芽を輪切りにして、鰹節《かつおぶし》と醤油でまぶし、ご飯のうえにかけて食べるのが好きである。ニワトリもニラが大好きで、人間様と競合している。切ればすぐに柔らかい葉が伸びてくるので、くりかえし収穫できる。

蕗は普通の蕗と冬蕗《とうぶき》が植えられているが、茎だけでなく春先の蕗の薹《とう》も楽しみである。冬蕗はとくに繁殖力が強いので、広がりすぎないように注意している。

コゴミは葉が美しく観賞用にと庭に数株植えたのだが、その後たいへんな勢いで増え、妻は折角植えた草花を駄目にしてしまう、と目の敵《かたき》にしている。しかしさっと茹でて醤油と鰹節で食べるコゴミは、春を告げる味覚として貴重である。

タラの芽は山菜の王様といわれるが、五月の連休のころ里山に入ると結構採れる。タラの木は陽当たりの良い場所であれば繁殖力が強く、我が家では裏の林の中で育てている。自然に生えてきたものだが、うっかりしていると畑にまで広がっていくので気を付けている。新芽を天ぷらやゴマ和えにして食べるが、出てきた芽をみんな摘《つ》んでしまうと本体が枯れてしまう。翌年のことを考えて一本の木で食べるのは一～二芽にとどめておく。最近棘《とげ》のないタラの木が栽培されるようになったが、人間が改良したものは弱く、枯れることが多いようである。やはり野生のものが強くて美味しいのである。タラの木に似て伊那ではエンダラと呼ぶハリギリの新芽も美味しい。タラの木よりも鋭く長い棘が特徴で、大木になるから屋敷に植えるのには適さない。

こしあぶらは里山の尾根づたいによく見られる灌木《かんぼく》で、新芽を天ぷらやおひたしにして食べる。くせがなく美味しい山菜である。気難しい木で、山から畑や屋敷に移植しようとしてもなかなか根付かない。我が家では、知人から苗木を六本いただいたが、そのうちわずかに一本だけ生き延びている。

タケノコは山菜といえないかもしれないが、我が家では重要な食材になっている。妻の実家から移植した一本の孟宗竹《もうそうちく》が増えに増えて、毎年二〇〇本を超えるタケノコを提供してくれる。近くにいる子どもや私の姉妹、それにご近所にお裾分けしても食べきれない。採らずにいるとみな竹になってしまいあとがたいへんなので、最後は収穫せずに蹴飛ばしている。瓶詰めにしておくと一年中料理に使うことができるので重宝である。

山菜ではないが、キノコも栽培する。椎茸、クリタケ、それにナメコである。春先、楢《なら》などの木にドリルで穴をあけ、菌の培養されたコマを打ち込んでおくと一年後からかなりの量が二〜三年は収穫できる。食べきれない椎茸は乾燥して干し椎茸にして保存する。

田舎の食卓は、ステーキやピザなどがのることは少ないが、季節が運んでくる自然の恵みで賑わっている。

医食同源《いしょくどうげん》

「医食同源」は、医療も食事も健康を保ち命を長らえるためという目的では同じであり、何を食べるかということは医療と同様大変重要なことだ、という意味である、「地産地消《ちさんちしょう》」という言葉も近年よく使われるようになった。これは、農産物をその土地で消費することで、そのことによって輸送費の節減になり、同時に、人の体にとって最もよいことだという意味でも使われている。医学的に証明されているかは知らないが、その人が育ったところの土壌や水で育てられた野菜や穀物を食べることは至って自然なことで、体も抵抗なく受け入れられる、と考えても不思議ではない。

世界的な流通経済の発達で、食べ物の分野でもグローバル化がすすみ、世界中で生産されたものがスーパーに並んでいる。食料自給率の低い日本人の胃袋は、外国からの輸入食料品によって支えられているのが現実である。農民でさえ外国産の野菜や穀物をスーパーで買うのが当たり前の時代にあって、国産食料にこだわって生きることは現実的ではなくなっている。外国産の農産物は、国産のそれよりもおおむね安く種類も多い。そのうえ南半球からの輸入が増えているため、季節に関係なく同じような果物や野菜が一年中店頭に並んでいる。しかしそのことが日本農業を追いつめていることはご存じのとおりである。

輸入農産物については、収穫後の殺虫・殺菌剤や防カビ剤などの農薬散布、いわゆるポストハーベストが以前から問題になっている。我が国ではポストハーベストは禁止されているが、アメリカをはじめ日本に輸出している国の穀物や果物には、長期間の輸送に耐えるために農薬が使用されていることが多い。時には放射線を照射《しょうしゃ》することもあるという。我が国では残留《ざんりゅう》農薬の基準値を設けているが、外国で使われている基準値のない農薬については規制ができず、健康への影響が心配される。したがって、輸入品の残留農薬に関しては安全であるという保証はどこにもない。なかでも規制がほとんどないに等しかった中国産農産物については、消費者が自主的に買い控えをするなど自衛策をとっているのが実情である。輸入農産物がどのような方法で栽培され、どんな農薬が使われているかは重要なことだが、日本の消費者はそれを知ることができない。

健康を維持したいのであれば、食べるものへの関心と、食材についての知識や情報が重要になる。農業者の側としては、国産の野菜や穀物が安全で体にもいいですよ、と強調したいところだが、財布と相談しながら食材を選ぶ主婦としては、それほど単純に割り切ることはできないのだろう。迷ったとき、「医食同源」という言葉を思い出してくれれば有り難いのだが……。

サプリメントって何?

私は数年前までサプリメントとは何か知らなかった。田舎で自給的な暮らしをしていると、こうしたものとはあまり縁がないからだ。自分で作った穀物や野菜を食べていれば、あえて錠《じょう》剤《ざい》で特別な栄養を補充《ほじゅう》する必要がない。今、こうしたものが求められるのは、日本人の食生活になにか問題があるからではないか。昔から農家には、ビタミン剤なども含めて体に必要な栄養を食事以外の方法で補充するという発想そのものがなかった。

近年、若者の中にはサプリメントで必要な栄養を摂取する人が増えているという。歳を取り、病気や体の不調でこの方法でしか栄養源を摂取できない人については是非もないが、健康な人が手っ取り早く化学的に抽出《ちゅうしゅつ》された錠剤で栄養を補うということに私は疑問を感じる。これは不自然だからである。人間の体は有機体であり、その命を長く維持するためには、野菜や穀物、それに肉や魚を食べなくてはならない。宇宙食のようなカプセルを飲んで、長く健康が維持できるとは思えない。太陽と土の恵みを受けて育った食べ物を食べることこそが自然で、体にとっても一番いいのだ。

サプリメントとは無縁で生きた私の母は一〇二歳まで生き、妻の母は一〇六歳でまだ健在である。

自然が育てたその土地の穀物や野菜を好き嫌いなく、そしてバランスよく食べることが一番自然で、体にもよいはずである。

一二　農に生きる暮らし

名古屋コーチン

長男が捨てられる苺《いちご》の世界

孫が好きなので苺を栽培している。生食《せいしょく》のほかジュースとして使うが、残ったものはジャムに加工して保存する。

苺の栽培は、収穫後に子苗《こなえ》を採取して育て、秋に本畑《ほんばた》に定植するという面倒な作業が必要な果《か》菜《さい》である。もちろんこうした作業を省いてそのまま放置しておいても苺は育ち収穫できるが、年々苺は小粒になり病気にもなりやすくなる。市場に出荷する苺農家は、面倒でもこうした手順を踏んで育てる。

苺を栽培する時、よい苗を確保することが最も重要となる。収穫が終わってしばらくたつと親株から数本のランナー（走り蔓《つる》）が伸び、そこに間隔を置いていくつかの子苗が着くようになる。その子苗から次年度の苗を育てるのである。選ばれた苗は切り取られ来年の親となるべく苗床やポットへ移して育苗される。

苺栽培で常識になっていることがある。

来年の苗として使うのには太郎はダメで、次郎、三郎がよい。

伸びたランナーのうち親に最も近いところに根を下ろしているのが太郎で、根の張りや姿は立派でたくましいが、次の親株になるのには難点があるとして捨てられる。それは親の持つ病気や虫害を受け継いでいる危険性が高く、苗としては向かないというのである。親に最も近いところで、親の影響を強く受けて育つのが原因であろう。太郎より遠いところの次郎、三郎の方が健康に育ってよい実を着けるという。植物の世界とはいえおもしろい現象だと思う。

翻《ひるがえ》って人間の世界でも、最初の子供は親が手をかけすぎてなかなか自立できない場合がままある。性格や行動のパターンも親に似ることが多い。それに対して二番目三番目の子は、親もそれなりに手を抜くことが多く、たくましく育つ傾向があるといえないだろうか。時には親の手に負えなくなることもあるが……。

植物の世界と人間の世界が似ていても、何の不思議もない。しかし人間の世界では苺のように画一的ではなく、長男、長女がとりわけ優れていて、親を越えることはよくある。また、子どもの中には、親を反面教師として親の欠点を引き継がない子もいる。

その反面、そうした配慮がなされないまま、周りから見ると悪い意味で親そっくりの子どもに育つこともあるので気をつけたい。

苺と一緒にするな、という長男長女の声が聞こえてきそうなので、このくらいにしよう。

おカイコ様が日本経済を支えた

信州伊那谷に伝わる民謡「伊那節」にこんな歌詞がある。

♪　わたしゃ伊那の里谷間の娘
　　カイコ恐がる子は産まぬ　♪

私にはカイコの冷たい肌の感触が懐かしい。子どもの頃、カイコに頬ずりをしたり、仰向けに寝て顔に数匹のカイコを置いて自由に遊ばせたりしたものだ。当時の農家の子どもで、カイコが怖いなどと言うものはいなかった。「おカイコ様」とよばれるほどに昔の農家にとってカイコは身近で大事な虫であり、とりわけ農地をわずかしか持たない農家は、養蚕のお蔭で生活が成り立っていた、といってよい。

我が国に養蚕が伝わったのは一〜三世紀ころで、中国からの渡来人《とらいじん》によるものだとされている。江戸時代にも女性の仕事としてではあるが、かなり広い地域で行われていた。本格的に養蚕がさかんになったのは幕末の開国以来のことで、我が国の生糸《きいと》が高値で取引されるようになってからである。

明治時代になると政府は製糸業《せいしぎょう》を殖産興業《しょくさんこうぎょう》の柱に位置づけ、群馬県富岡に模範工場を建設しフランスから製糸機械を購入するとともに破格の待遇で技師を招いた。そこに集められた女工たちは士族の子女が多く、最先端の技術をここで学び全国に広めた。

蚕糸業《さんしぎょう》と呼ばれる産業は蚕種業《さんしゅぎょう》、養蚕、製糸業の三つの分野から成り立っている。蚕種業はカイコの卵を生産するもので、養蚕の基礎となるものである。病気に強く、多くの糸を生み出すカイコは、優良な蚕種によって確実なものになる。幕末から明治の初めにかけて我が国の蚕種が驚くほどの高値で取引された。この頃イタリアやフランスで微粒子病《びりゅうしびょう》が蔓延《まんえん》し、ヨーロッパの養蚕業に壊滅的な打撃を与えていた。そのため微粒子病に汚染されていない日本の蚕種が大いに注目され高価で輸出できたのである。

養蚕は農業の分野である。明治時代から大正時代にかけて生糸が多くの外貨を獲得し、製糸業が日本経済を牽引《けんいん》するようになると、原料である繭を生産する養蚕もさかんになり農家の家計を潤した。米づくりよりも多くの現金収入が得られることもあって、畑だけでなく原野や山にもカイコの餌になる桑が植えられ、水田が桑園《そうえん》に変わるところもあった。

養蚕が盛んになった明治時代は、一方で寄生地主制《きせいじぬしせい》がすすんだ時期でもある。僅《わず》かしか土地を持たない農民や小作農は地租や年貢に苦しめられ、貧しさから抜け出せないでいた。養蚕業はこうした農民に光明を与えたのである。カイコは掃き立てからマユの出荷までおよそ一ヶ月で終わる。そのため農家は一年のうち最大で五回までカイコを飼育することができた。実際には二回ないし三回の飼育をする農家が大部分だったが、狭い土地を有効に利用できたのである。しかも桑の木は傾斜地や痩《や》せ地でも栽培が可能だった。

カイコは湿気を嫌う虫であり、海岸付近は飼育に適していない。したがって乾燥する内陸部で養蚕が盛んになった。群馬県、長野県、埼玉県、福島県などである。山がちで耕地の少ない地域の農民は総じて貧しい。養蚕はこうした農村を活性化し、大きな富をもたらしたのだった。

しかし養蚕業の隆盛は長くは続かなかった。昭和四年（一九二九）に始まる世界恐慌は、米価や繭価を暴落させ、深刻な農村不況が到来した。桑園に投資してきた養蚕農家は借金を抱え途方に暮れた。東北地方の村役場が娘の身売りを斡旋《あっせん》したのはこの頃のことである。

一方、国は窮状を打開するため大陸進出に向けて軍事力を強化しつつある時代であり、経営に行き詰まった貧しい農家の二、三男は口減らしにと軍隊に志願した。

長野県下伊那地区は、山に囲まれた地ではあるが、その傾斜地に桑を植え、また天龍川の氾《はん》濫《らん》原《げん》を桑園にかえて日本一の養蚕地帯になっていた。それだけに養蚕業の壊滅的な打撃による影響は大きく、多くの養蚕農家は生活が行き詰まった。そんな追いつめられた農民が活路として見出したのは満州への集団移住である。いわゆる満蒙開拓団《まんもうかいたくだん》への参加である。国策《こくさく》であることの開拓団への参加者で下伊那地区が全国一多いのは、そんな背景があるのである。

養蚕はそれでも昭和三〇年代まで続いた。そして昭和三〇年代半ばころから始まる高度経済成長政策が進められる中で消えていった。養蚕業の消滅と時を同じくして農業の衰退がすすみ、農村の若者も農業を見限っていくのである。明治期の養蚕業の隆盛《りゅうせい》とともに我が国の農村は活気にあふれ、その消滅とともに農業と農村の衰退が始まった。

私は子どもの頃からカイコとともに暮らし一緒に育った。桑摘み、給餌《きゅうじ》、こじり取り、クイコ拾い、繭かきなどの一連の作業を通じてカイコに親しみ、その恩恵を受けて育った。そして養蚕業の終わりとともに農業そのものが衰退していく様子を目の当たりにした。農家の長男として農業を目指していた私自身も、この時代の流れに翻弄《ほんろう》されたのだった。

養蚕は山間地における農家の生活そのものであり、製糸業は我が国の外貨獲得の中心であった。その意味で、養蚕の果たした役割を語ることなくして明治以降の日本の農業、さらには我が国の資本主義の確立について語ることはできない。

養蚕《ようさん》の神

信州には、養蚕の神を祀った石碑が多い。数十戸とまとまった集落があれば、たいがい一つはこの養蚕神の碑がある。

　蚕は病気になりやすく、時として大量に死ぬことがある。これを違蚕《いさん》というが、養蚕農家が最も恐れるのはこの違蚕であった。また、カイコの餌である桑は春先の霜害にあいやすく、その年の気象条件によっても当たりはずれが多かった。農家、とりわけ零細農家にとって養蚕収入の多寡は死活問題であった
　蚕が小さいころ、いわゆる稚蚕《ちさん》のころがとくに病気になりやすく、農家は消毒をしたり、温度や湿度の調整に神経を使った。やるべきことをすべてやればあとは神頼みである。養蚕神を祀った碑は、養蚕農家が違蚕にならないように祈り、また繭の豊産に感謝して建てたものである。

　長野県はもちろん群馬県、それに埼玉県など養蚕の盛んな県でも養蚕神の碑は多いのではなかろうか。文字碑は「養蚕神」が多いが「蚕神」「蚕玉様《こだまさま》」「蚕玉大明神」などと彫られたものもある。数は少ないが丸彫りや浮き彫りの碑もある。そうした碑に彫られるのはきまって女神で、桑の枝を手に馬にまたがっている像が多い。

　養蚕と女神、そして馬の繋がりについては、養蚕の起源を語る中国の伝説に由来する。東北地方を中心に各地に伝わるオシラサマ伝説は、その影響を受けて語り継がれてきたものだという。地域によって多少の違いはあるが、ここでは民俗学者柳田国男の『遠野物語《とうのものがたり》』から引用する。

昔ある処《ところ》に貧しき百姓あり。妻は無くて美しき娘あり。又一匹の馬を養ふ。娘此の馬を愛して夜になれば厩舎《きゅうしゃ》に行きて寝ね、終に馬と夫婦に成れり。或夜父は此事を知りて其次の日に娘には知らせず馬を連れ出して桑の木につり下げて殺したり。その夜娘は馬の居らぬにより父に尋ねて此事を知り、驚き悲しみて、桑の木の下に行死したる馬の首に縋《すが》りて泣きいたりしを、父はこれを悪《にく》みて斧を以て後より馬の首を切り落とせしに、忽ち娘はその首に乗りたるまま天に昇り去れり。オシラサマと云ふは此時より成りたる神なり。馬をつり下げたる桑の枝にて此神の像を作る。

また『遠野物語拾遺』では愛する馬を殺された娘が、春の三月一六日に、庭の臼《うす》の中を見てください、という書き置きを残して家出した。父親がその日に臼の中を見ると、馬の頭をした虫がいた。父はそれを桑の葉で育てた、と蚕の起源につながる別の言い伝えを記している。

このオシラサマ伝説の元になった中国の『捜神記』は、かなり違ったストーリーになっている。父親が旅に出て戻ってこないのを心配した娘が馬に冗談で「お前が父を連れて帰ったらお前の嫁になる」と言った。すると馬は家を飛び出していったが、やがて父親を連れて帰った。娘を見る馬の様子がおかしいのに気付いた父親が、娘から馬との約束を聞いて、怒ってその場で馬を殺し、皮を剥《は》いで庭に干しておいた。庭に出た娘は、「畜生《ちくしょう》の分際《ぶんざい》で私を嫁にしようなんてとんでもない」と馬の皮を蹴った。すると、不意に馬の皮は娘を包み込んで飛び去り姿が見えなくなった。数日後、父親は、娘と馬の皮が蚕と化して庭の桑の木の上で糸を吐いているのを発見した。

カイコの起源につながる伝説だが、娘と馬の関係が、中国では嘘と憎しみに基づくのに対し、我が国のそれは相思相愛《そうしそうあい》の関係なのは対照的で面白い。我が国のカイコにまつわる言い伝えが、悪意ではなく愛の物語として伝承されてきたのは、いかにも日本的であり、また農家にとってこの上なく大事な「おカイコ様」誕生にふさわしい話になっている。

自給的な暮らし（伝統的農業にこだわる）

私は、妻と二人で、昔ながらの自給的農業を営んでいる。家族が必要とする食料については自分で栽培したり飼育して確保する、という大昔から続く伝統的な農業形態である。現代の農業は、効率性を重視した結果専門性が強くなり、特定の作物や動物を集中的に栽培し飼育するという農業が主流である。一方で昔からの米作りを中心とした伝統的な小規模農業では、経営が成り立たなくなっている。高齢化した多くの農家では、早くから食料の自給を諦め、何とか農地を守っているという現状がある。その意味で、私のような自給にこだわる農家は、今では絶滅危惧種《ぜつめつきぐしゅ》に指定されても不思議ではないくらい稀《まれ》になった。

自給といっても完全な自給などは不可能で、肉や魚、それに味噌を除く調味料は購入する。豆腐と納豆についても以前自給していたが、手がかかるため今は買っている。野菜はれんこん以外は自給であり、穀物は小麦以外は全て栽培したものを使っている。小麦については二〇アールほどのほ場に栽培してはいるが、その後の処理が大変なため全てを出荷し、小麦粉として購入している。胡麻《ごま》や蒟蒻《こんにゃく》も自給である。

動物の飼育はニワトリだけだが、卵を毎日六、七個は産んでくれるのでそれでまかなうことができている。

その他現金収入を得るための商品作物も栽培している。ぶどうを中心に米、小麦がそれに該当し、収穫したものを農協へ出荷し、あるいは家で販売している。

今の小規模農家では、葉物野菜《はものやさい》や大根、人参、馬鈴薯《ばれいしょ》くらいは栽培しても、手のかかる野菜や雑穀類は作らない。牛蒡《ごぼう》や長芋は収穫がたいへんで、大豆や小豆《あずき》、それに胡麻などは収穫までに多くの手間がかかるからであろう。果物も柿や梅以外を作る農家は少ない。苦労して作るよりも、スーパーへ行けば少々高くても何でも手に入るからである。

農村における核家族化や少子化も農家が自給をやめた一つの要因である。昔のような大家族では、食料をすべて買い上げるということになると経済的負担が大きくなり、自給的にならざるを得なかった。それに対して二、三人の家族では、手間をかけて栽培するよりも買い上げた方がむしろ安く上がる場合も多いといった事情がある。

私が子どもだったころの農家を思い出すと、自分たち家族が食べるものは自分で作る、というのが当たり前だった。味噌や醤油も自分で作ったし、鶏や兎を飼ってハレの日にはそれを料理して食べた。山羊を飼いその乳は重要な栄養源だった。米づくりや養蚕が経営の柱ではあったが、自給的な作物を作り必要な家畜を飼うことによって、農家の暮らしは貧しくても安定していた。

現在の我が家は三世代七人家族ということもあり、私たち夫婦はこうした伝統的な農業にこだわって生活している。

大地と太陽の恵みは偉大であり、生活に必要なたいがいの作物は栽培できる。貯蔵方法さえ工夫すれば、収穫物を長期間、あるいは一年中食べることが可能である。しかし、時代の流れに抗して伝統的な農業を維持するにはそれなりに苦労が伴い、高齢者の仲間入りをしている我々夫婦にとって辛いと思うことも多い。作物の管理には手間がかかり、農業機械や肥料、農薬などは高価格で、経済的に合わない。

それでも自給にこだわるのは農民としての意地であり、自分の作ったものを食べたいという素朴な願いである（詳細は拙著『農に生きる』農文協刊　参照）。

動物と暮らす

昔の農家はいろいろな生き物を飼っていた。犬や猫の他、ニワトリ、ウサギ、ヤギ、それに馬や牛である。馬や牛はもちろん農耕用で、ニワトリ、ウサギ、ヤギは自給のためであったが、卵は近所でまとめて出荷し、ウサギはたまに業者が回ってきて毛皮を剥ぎ、なにがしかのお金でそれを買い、肉は農家に置いていった。

犬は人間にとって大昔からのパートナーである。縄文時代の遺跡である貝塚から犬の化石が見つかっている。半世紀ほど前までは犬を飼う家が多く、ある家の犬が鳴き出すとあちこちで呼応してにぎやかだった。犬種は柴犬の雑種が中心で、近年のように室内犬を飼う家はほとんどなかった。今は農村でも室内犬が増えているが、全体的に犬を飼う家は少しずつ減っている。現在我が家で飼っている犬は柴犬で、外の小屋で飼い、体を洗ってやるのも年に二、三回である。かかりつけの獣医師によると、外で飼う柴犬は洗ってやる必要がないという。それでもたまに洗ってやると、犬は迷惑そうな顔をする。

猫もたいがいの家で飼っていた。ペットとしてだけでなく、昔はネズミが多く、倉庫や蔵の中の穀物などを食い荒らすことが多かったのでその対策でもあった。

我が家にも常に犬と猫がいたような気がする。犬や猫が死ぬと、近所から子犬を頂いたり捨て猫を拾ってきて育てた。昔は犬や猫に避妊手術《ひにんしゅじゅつ》をすることは一般的ではなく、子が産まれるとその処分に頭を悩ませることが多く、子犬や子猫は容易に手に入れることができたのである。

猫は突然姿を消すことがある。オス猫にその傾向が強く、家族みんなで手分けして探した。そんなとき母が、百人一首にある中納言行平の詠《よ》んだ和歌を紙に書いて戸口に貼ったことを思い出す。

立ち別れ　いなばの山の峰に生ふる　まつとし聞かば　今帰り来む

この効き目がどのくらいあったのかは記憶にない。

私は犬も猫も好きだが、どちらかというと猫との相性《あいしょう》がいいような気がしている。

犬は近くに行くと尻尾をふって飛んでくるし、主人に忠実である。それに対して猫は気まぐれで、餌が欲しいときにはすり寄ってくるが、機嫌の悪いときには呼んでもふり向きもしない。必ずしも主人に媚《こ》びない、猫のそんなところが私は好きである。

猫との相性の良さについて、数年前、それを実感することがあった。

隣村に妻の実家があり、一人暮らしの義母が住んでいた。彼女は、時々やってくる野良猫に餌付けをしていた。そのうちにその猫は家の中にも出入りするようになり、次第に飼い猫のようになった。義母も一人暮らしの寂しさを紛《まぎ》らわすよい相手ができたと可愛がった。しかしこの猫は長年の野良猫生活で人に対する警戒心が強く、義母が撫《な》でたり抱き上げようとしても逃げたり威嚇《いかく》したりして拒絶した。

そしてある晩秋の日、私は久しぶりにここを訪れ縁側で義母といろいろな話をしていた。その時、猫が現れ同じ縁側の陽当たりのよいところで寝そべった。しばらく経ってふと気がつくと、あぐらをかいた私のひざの中に猫が入ってくるのではないか。そして体を丸めて気持ちよさそうに目を閉じたのだ。私は、我が家の猫にはよくある行動だったので自然に受け入れたのだが、義母は驚いた。

「私には触らせようともしないのに何故《なぜ》?」

子どもの頃から私は猫と一緒に寝るのが好きだった。冬など暖かくて気持ちがよいのだ。襟《えり》巻《ま》きのように猫を首に巻いてもしばらくはじっとしていた。

一緒に寝ても、朝目覚めたとき猫が寝床にいたことはない。私は寝相《ねぞう》が悪く、大きく寝返りを打つ私に、身の危険を感じて逃げ出したに違いない。

五年ほど前からニワトリを飼い始めた。

今は農村でもニワトリを飼う家はほとんどなくなってしまったが、私の子どもの頃はたいがいの家で、数羽であったが飼われていて、農家にとっては貴重なタンパク源であり、また現金収入源にもなっていた。正月や祭りの時などハレの日にはそのニワトリを殺し、家中で食べた。肉の貴重な時代でもありほとんど捨てるところなく食べた。

やがて養鶏の大規模化が進み、安価な卵が大量に供給されるようになると、農村からニワトリが消えていった。

私が再び飼いはじめたニワトリは、愛知県の地鶏《じどり》として知られる名古屋コーチン一〇羽である。性格のおとなしい鶏で、人にもなつき、しばらくすると飼い犬とも仲良くなった。孫たちの友達が来ると人気者で、その遊び相手になっている。自給的な生活を目指すにはどうしても動物性タンパク質が不足する。卵と肉の両方を提供してくれる名古屋コーチンはそうした要望に合致した鳥であった。

私の独断で飼い始めた鶏なので、世話をするのはすべて私である。毎朝ほぼきまった時間に餌をやり卵を採取している。小屋の戸を開放すると一斉に飛び出し来て私にまつわりつく。水をやろうとして水道のところへ行くとそこまでついてくる。餌をねだって私の足や尻をつつく。なかには私が近づくと、羽を下げてしゃがみ込む鳥がいる。専門家に聞くとこれは交尾を受け入れる姿勢だという。いじらしいではないか。

外で遊ばせると草の芽やニラなどを喜んで食べ、地面を爪で掻《か》いて虫も食べている。また鶏小屋から七～八メートル離れたところに「掃《は》き溜《だ》め」と呼んでいるゴミ捨て場がある。昔から農家では台所から出た残飯《ざんぱん》や野菜くずなどをここに溜めておいて分解させ、翌年肥料として使ってきた。今流行のリサイクルの先端をいくものだが、ハエが来たりしてあまり衛生的ではないので今ではほとんど見なくなった。しかしニワトリにとってここは魅力的な場所で、彼女らのたまり場になっている。犬とは仲良しだが、たまに犬が食事しているのを横から取ろうとして犬に怒られたりしている。

餌はほぼ自給できている。米ヌカに水を加えて練ったものにトウモロコシの挽《ひ》き割《わ》りを混ぜ、さらに屑米《くずまい》を加えたものを与えている。米ヌカは自分の家で精米する時に出てくるもので、トウモロコシも飼料用トウモロコシ（トリキビ）を栽培してそれを使っている。従兄《いとこ》の家にトリキビの脱粒機《だつりゅうき》と挽き割り機があり、それを利用させてもらっている。

このように飼料は自給しているから、生卵でも安心して食べることができる。これを機会に我が家の朝食は卵かけご飯が多くなった。市販の卵よりもわずかに小ぶりだが、黄身《きみ》に張りがあって味も濃いような気がする。

名古屋コーチンの肉は、地鶏として最高級の評価を得ている。飼い始めた時の私は、肉も利用するつもりであった。しかし何年も飼い、人に馴れて手から餌を食べるようになった鶏を殺すことはもうできない。若いころには、それなりに割り切ってニワトリを殺して解体したこともあるのだが、今はそこまでして肉を食べたいとは思わなくなってしまった。年老いて卵をあまり産まなくなったニワトリは知人にあげるなどして、現在の鳥は三代目である。

動物とともに暮らしていると心が癒されることが多い。餌をやったり散歩に連れていったりと時には煩《わずら》わしいと思えることもあるが、自分が動物たちに頼られているという思いは決して不愉快なものではない。

ぶどう栽培の愉しみ

私は果物が大好きである。どんな果実も好きで、毎日食べても飽きることがない。私が果樹栽培に熱心である一番の理由はそこにある。その収穫はもちろん楽しいが、そこに至るまでの果樹の生長を日々観察することも楽しい。

妻は、野菜や花の栽培に熱心だが、私はもっぱら果樹類を育てている。野菜や雑穀類は、播種や植え付けから数ヶ月で収穫できる。短期決戦であり、アスパラガスなどごく少数の多年生の作物を除けば翌年はまた最初からスタートしなくてはならない。それに対して果樹の寿命は、種類にもよるが、二、三〇年以上はある。したがって果樹を栽培するということは、息の長い話になる。五年先、一〇年先を見据えながら育てなくてはならない。

果樹栽培は、手を抜くと樹形《じゅけい》が崩れたり虫害や病気で長年の苦労が無駄になることもあるので油断ができない。その継続性と緊張感が私は好きである。長野県は冬の寒さが厳しいため柑《かん》橘類《きつるい》の栽培は難しいが、それ以外たいていの果樹は栽培できる。ちなみに私の育てている果樹をあげてみよう。（ ）内の数字は本数

ぶどう（二四）、リンゴ（四〇）、梨（三）、桃（三）、梅（五）、プルーン（三）、ブルーベリー（六）、桜桃（二）、スモモ（一）、マルメロ（一）、イチジク（一）、キウイフルーツ（二）、栗（三）、杏（一）、柿（四）、銀杏（二）、シャグミ（一）、ナツメ（一）

このうち出荷・販売用として栽培しているのはぶどうだけで、あとは自家用である。長野県の農家は、施設園芸農家を除けば冬期間の仕事がほとんどなくなる。そのためこの間運動不足

になり体重も増えがちである。しかし果樹栽培をしていると冬期間に剪定作業がある。樹の休眠期《みんき》に、伸びすぎた枝や不要な枝を切除して樹形を整える。この作業でかなりの日数を費やすので暇を持てあますことはない。これも嬉しいことではある。

ぶどうは気むずかしい果樹である。その栽培には多くの労力が必要であり、しかもその年の天候によって収穫期に病気や裂果《れっか》が発生する。気むずかしいが故に手抜きができず、栽培者の工夫も必要となる。そんなところにもぶどう栽培の魅力があり、歳をとってもやめられない。

ぶどうは我が家の主力作物で、二〇アールの圃場《ほじょう》に一〇種類、二四本が植えられている。ぶどうの品種は多く、日本で植栽されているものだけでもワイン用も含めて一五〇種を超えるという。形も味もそれぞれに特徴があるが、稔ったぶどうは「果物の宝石」などと呼ばれるように美しい。熟したぶどうの色は赤から緑、黄色、紫、黒など様々で、形も円形、楕円形《だえんけい》が多いものの勾玉形《まがたまがた》や女性の指のような形状のものもある。毎年数種類の新品種が作出《さくしゅつ》されていて、苗の販売用のカタログが送られてくるが、写真を見ているだけで楽しくなり、つい新しい品種を栽培してみたくなって購入することになる。

近年は皮ごと食べるぶどうの人気が高い。シャインマスカット、ナガノパープルやスカーレットがその代表で、需要に供給が追いつかないこともあって、スーパーに並ぶこれらのぶどうは高値である。高値ではあっても若い人を中心によく売れている。

一番人気のシャインマスカットは、甘みも強く、種なしで皮ごと食べることができるのが人気の理由だが、栽培している側から言うと、いかにも高すぎるような気がする。需要に供給が追いつかないためにこうした高値がついている。ただ、このぶどうは今、猛烈な勢いで新植されていて、近いうちに市場にあふれるようになると思われる。そうなれば値段も落ち着いて、消費者も気楽に買えるようになるだろう。

我が家でこのシャインマスカットの苗を二本取り寄せ、初めて植え付けたのは平成二四年である。憧れのこのぶどうを最初に収穫をしたときの感動は今も忘れることはできない。苗木を植えて三年目、一六房が実った。それまで毎日のようにその生育ぶりを観察し、胸をときめかせていたが、いざ収穫する段階になると売るのがもったいないなくなり、結局家族や親しい知人だけで食べた。今では我が家の主力品種の一つに位置づけられるようになっている。シャインマスカットは、黒痘病《こくとうびょう》になりやすい欠点があるが、裂果が出にくく比較的作りやすいので現在は四本に増やしている。本数は四本と少ないが、中（長）梢剪定だから面積的にはかなりの広さになる。しかし私は、高値で売れるというだけでこの品種をむやみに増やそうとは思わない。我が家のぶどうは贈答用が主体である。受け取った人が箱を開けた時、感動してもらえることを大事にしている。したがって緑色のシャインマスカットだけでなく、黒（紫）色のピオーネやナガノパープル、赤色のゴルビーやクイーンニーナなども重要な品種である。この黒、緑、赤の三色のぶどうを詰め合わせることにより、見た目も美しく価格もそれなりに抑えることができる。

皮ごと食べる赤色のぶどうとして新品種であるスカーレットやクイーンルージュを新たに植えるため苗木を取り寄せている。皮ごと食べるシャインマスカット、ナガノパープル、スカーレットまたはクイーンルージュが箱詰めされるようになれば、高級ぶどうセットとして消費者に喜ばれる贈答品になるだろうと期待している。ただ、ナガノパープルの熟期が他の品種に比べて早いのが気にはなるが……。

長野県では米国系のナイアガラという黄緑色のぶどうに人気があり、昔から栽培されてきている。独特の香りがあるので万人向けではないが、完熟すると糖度も高く美味しい。そのうえ価格も安い。しかし東京や大阪の果物屋さんでこのぶどうを見かけることはほとんどない。このナイアガラを県外に発送する依頼も受けるが、聞いてみると受取人はほとんどが長野県出身者である。他県に移り住んでいても、子どもの頃に食べ慣れたふるさとの味のするこのぶどうが贈られると喜ぶのだという。我が家には、通い箱を持ってナイアガラを買いに来る年輩の方が何人かいるが、若い人はあまり食べなくなっている。小粒でもあり、二倍体で種なしにできないから食べるとき面倒なのだろう。もっとも、私を含め食べ慣れている人は種など出さずに食べるのだが……。

このように、ぶどうの品種の中には、その好みに地域性のあるものもあるのである。

第二の人生　―高齢者農業の勧め―

一度きりの人生をいかに生きるかは誰もが考えることではあるが、人生を二度生きたいという考えは欲張りなのだろうか。

多くの人は定年退職後、数年は嘱託《しょくたく》や再任用ですごし、それが終わると自分の人生の主要部分は終わったとしてあとは「余生《よせい》」と考える。まだ体力にも気力にも余力があるにもかかわらずにである。それはそれで一つの生き方であり、それで満足する人は多い。だが、「人生九〇年」さらには「人生一〇〇年」などといわれる時代である。一〇〇歳までは無理としても九〇歳くらいまでは多くの人が生きられる時代が来ている。そう考えたとき、定年後の二〇年以上を「余生」として情熱を再び燃やすことなく過ごすことになる。私にはそんな生き方が寂しく思える。

生涯現役と考えて一筋の道を頑張る人、新しい世界に挑戦をする人、さらにはボランティアなど社会貢献に力を注ぐ人など、我々の周りにはそんな人が結構いるはずである。

私の友人T君は、金融機関を定年退職した後僧侶になった。今は、名刹《めいさつ》ではあるが山深い寺院の住職をしている。彼は、前の職業で培《つちか》った営業の能力を発揮して、ユニークな寺院経営をして多くの観光客を集めることに成功している。今では名物僧侶として広く名前が知られ、生き生きと第二の人生を送っている。

定年退職を機に、それまでの生活に区切りをつけて二回目の人生に挑戦する気概《きがい》を持つことは、たとえそれが成功裡《せいこうり》にすすまなかったとしても、その人の人生をより充実させることは間違いない。目標を立て、それに向かって挑戦することが、その人にとって生きる張り合いにもなる。

若い頃からの仕事ではあまりうだつの上がらなかった人が、二回目の人生で顕著な社会的貢献をしたり、経済的に大きな成果を収めたりする事例は多い。

第二の人生として社会に恩返しをしたいという気持ちから、恵まれない人びとや助けを求める人の力になりたいとボランティア活動を熱心にする人もいる。年齢に関係なく、人の役に立ちたいという思いは誰にもあるが、若いうちは仕事や家族が最優先で、思ってもなかなか行動に移すゆとりがない。しかし年をとれば、その気にさえなればそうした思いを実践できる。

リタイアした後いろいろな選択肢がある中で、農地を持つ人は農業に本気で挑戦することを勧めたい。都会の人たちにも、環境を変えて田舎暮らしと農業を勧めたい。田舎に暮らし土を耕すことは自然と共に生活することであり、精神的にも身体的にもきわめて健康的な生活だと言える。

農業は決して楽な仕事ではない。肉体労働が多いからである。しかし、無理をせず、自分の体力と相談しながら働けばいいのであり、儲《もう》けることを一義的《いちぎてき》に考えさえしなければ至って気楽である。さらに自分の好きな作物を自由に栽培できるので純粋に農業を楽しめる。もちろん基本的な知識は身につけなくてはならない。これは専門家から教わるのが一番手っ取り早い。自分流に、などと考える人はたいがい失敗する。

農業機械も必要に応じて揃《そろ》えると作業が楽になる。昔から農村には「機械化貧乏」という言葉がある。採算に合わない機械をむやみに買うと経営が破綻《はじょう》するという意味である。しかし高齢者にとって機械は体の負担軽減に大いに役立ち、そのお蔭で長く農業を続けることが可能になる。だから年金を機械につぎ込んでも、それよって長期間農業ができ、体も心も健康でいられれば安いものである。

前にも書いたが、私は果樹類を育てるのが好きである。だから、今農業をしている人にも、これから農業を始めたいと考える人にも果樹を植えることを勧める。それは、常に五年、一〇年先を考えながら樹を育て、努力と経験を積み重ねることによって結果を得ることができるからである。必ずしも常に順調にいくとは限らないが、苦労の甲斐あって果実がたわわに実ったたときの喜びは大きい。

先のことをあまり深く考えず、体力や気力面で限界と感じるようになったら、その時点ですっぱりとやめればよいだけのこと。そこは自己責任の世界、割り切って気楽に行くことだ。無理のない農作業は健康的であり、できるだけ長く農業をしたいという思いがあれば、自分の健康維持に留意するようにもなる。

自然の移り変わりやその美しさを日々楽しみながら土を耕し食べ物を生産する。こんなに自然で健康的な第二の人生があろうか。

石仏《せきぶつ》に込められた祈り

歴史の古い集落には、村はずれや道路の交わる辻などに様々な石碑・石仏が建っている。田舎に暮らしているとそれらの石像物《せきぞうぶつ》が風景の一部となっていて、気付かずに、あるいは無関心に暮らす人も多い。しかし、ふと足を止めてそれらに興味を持ち、建てられた由来《ゆらい》などをたどってみるのは楽しいことである。それは、昔びとの祈りの心を尋ねることであり、その時代の暮らしや人びとの願い、苦しみ、そして畏《おそ》れを知ることである。

農村の石造物の中で最も数が多いのは馬頭観音碑《ばとうかんのんひ》である、その多くは「馬頭観世音」と刻まれた文字碑で、山の登り口や峠に多い。屋敷内に建てられている場合もある。半肉彫《はんにくぼ》りもあるが、これは観音様の頭に馬頭を載せているのが特徴である。

本来、馬頭観世音菩薩は、頭上に馬頭を頂き忿怒《ふんぬ》の形相《ぎょうそう》をした観音様で、八大明王の一つであるが、江戸時代から馬の守護仏として広く信仰されるようになった。さらに農村の馬頭観音碑は、農家にとって大事な馬の死を悼《いた》み、その慰霊碑として建てられたものが多い。昔の農家にとって馬は貴重な労働力であり、家族のように大事に育てられていた。他の動物は小屋で飼われたが、馬だけは別格で、人間の生活する母屋で飼われることが多く、土間の一角が馬の生活の場であった。冬の寒さから馬を守るということが一番の目的だろう。馬を飼えるのはある程度以上の財力のある農家である。私の家は馬の代わりに赤牛（朝鮮牛）を飼っていたが、馬の仕事の速さや馬に乗って遊ぶ友達が羨ましかった。馬も牛も飼えない零細農家は、田起こしや代掻きなどすべてを人力でしなければならず、これはたいへんな重労働であった。

馬は、農業だけでなく山の木の曳《ひ》き出し作業にもなくてはならない存在だった。馬が最も難儀をする山の登り口や峠道に馬頭観音碑が多いのはそんな事情による。以前はあちこちに散在していたものだが、耕作や交通の障害になることもあって今は道端の一画に集められていることが多い。一ヶ所に三〇基を超える馬頭観音碑が集められている所もある。今でも里山に囲まれた集落の中には馬頭観音を本尊として祀り、毎年祭りをしているところもあるが、昔の農林業にとって馬の果たしてきた役割がいかに大きかったかがうかがえるのである（拙著『祈りの里』ほおずき書籍刊　参照）。

馬頭観音碑に次いで多いのは庚申塔《こうしんとう》ではないだろうか。全国的に分布しているが、とりわけ長野県の上伊那地区には多い。この地域は庚申信仰がさかんで、今でも庚申講《こうしんこう》を継承している集落もある。庚申信仰は、中国の道教の守庚申に由来する禁忌《きんき》で、六〇日に一度巡ってくる庚申の夜、人の身中にいる三尸《さんし》という虫が、人が眠っているうちにその体内から抜け出して、天帝《てんてい》にその人の日頃の罪を告げ、それが重なると命を縮めるという。したがって、庚申の晩には信仰仲間が集まり、庚申の主尊である青面金剛《しょうめんこんごう》の掛け軸を床の間に飾って供養し、そのあとは酒を飲んだりおしゃべりをしたりで一晩中寝ずに過ごしたという。眠らなければ三尸の虫が抜け出すことができないからだ。

この夜は無礼講《ぶれいこう》で何を言ってもよいとされていて、悪口が飛び交い喧嘩《けんか》にもなって大騒ぎの夜だったという。現在も続いている庚申講は、年に一回ないし二回行われ、読経と直会《なおらい》を通じて講仲間との交流が主眼となっている。徹夜で大騒ぎをするという習慣は大分前になくなったようだ。

この庚申講の仲間が建てたのが庚申塔である。古くは干支《えと》に関係なく建てたようだが、元文五年(一七四〇)からは、六〇年ごとにめぐってくる庚申年に建てるのが習わしになっている。今でも庚申塔を慣例によって建てているのは区や常会などで、碑の大きさは前回よりも小さいといけないなどとも言われ、だんだん大きくなる傾向にある。中には畳ほどの大きさのものもあり、次の庚申年二〇四〇年（令和二二年）にはどんな大きなものになるだろうか、と心配になる。

道祖神《どうそじん》碑も数が多く、各集落にあるといってよい。道祖神は「さえのかみ」「道陸神《どうろくじん》」とも言われ、古くから親しまれてきた神で、集落の辻やはずれにある。その性格は複雑で、悪霊《あくりょう》の侵入を防ぎ、旅人の安全を守る神とされるが、その他にもいろいろな場面で登場する。農村では旧暦の小正月《こしょうがつ》の行事に登場し、主として一年のスタートに際して厄落《やくお》としの神としての役割を果たしている。どんど焼きは上伊那地区では道祖神の火祭りと考えられている。道祖神碑の前で火を以て一年の厄を落とすのである。また厄年を迎えた男女は、普段使っている茶碗に自分の年の数だけ銭を入れ、夜中に、人に見られないように気を使いながら道祖神碑にそれをぶつけて帰る。それで厄が落ちて新たな年を迎えることができるとされた。

「道祖神」は文字碑が多いが、男女が手を取り合う形で知られる双体道祖神《そうたいどうそじん》もある。また、文字碑の横にごつごつした奇石が置かれていることがあるが、これも古い時代の道祖神であるといわれている。石像物の中で最も古い歴史をもつものだといえる。

四国八十八ヶ所霊場巡《れいじょうめぐ》りは江戸時代からさかんで、その伝統は今に受け継がれている。四国を旅すると、白装束のお遍路さんに会うことがある。弘法大師ゆかりの霊場を訪ねたいという願いは古くから民衆のあいだにあった。しかし四国は遠く、数ヶ月にも及ぶ旅は普通の農民ではとうてい無理である。

その夢を叶えるために、四国巡りの代替施設《だいたいしせつ》として作られたのが霊場巡拝塔である。有志の寄附によって霊場の本尊を石に刻み、その石仏の周りに実際に霊場巡りをした人が各霊場から持ち帰った小石や砂をまく。村民だけでなく近隣の農民達は、その巡拝塔を巡って拝むことにより願いが叶うと考えた。百回ここを巡れば、実際に四国巡りをしたのと同じ御利益《ごりやく》がある、とする言い伝えもあった。

このように路傍《ろぼう》に何気なく立つ石像物は、昔の農民たちの悩みや願いを読み解く「祈りのかたち」なのである。

終わりに

このエッセー集は、私が喜寿（七七歳）を迎えたのを機に、農作業の合間や比較的時間に余裕のある冬期間に、思いつくままパソコンに打ち込んだものをまとめたものです。

高齢者と呼ばれる年齢になると、体や記憶力に衰えを感じ、同時に、めまぐるしく変化する世の中の流れにも取り残されつつあることも感じます。しかし、その一方で若い頃には見えなかったことや、時の流れを越えた伝統的なものの良さが見えてきます。ふと足を止めて野辺の石仏や草花、そして黄昏時の雲の美しさに見入る心のゆとりも生まれました。年を取るのも悪くはありません。

この本は、「老人」と一括りにされることに抵抗しながら、時流に流されず、自分らしく生きることだけは見失うまいと生きている一農民のつぶやきです。内容的には一貫性がなく、またひとりよがりに思える文章もありますが、気楽に読んでいただき、少しでも老後の生き方について考えるヒントになれば幸いです。

尚、本書の中には前著「農に生きる」や「祈りの里」と重なる内容もありますが、お許しいただきたいと思います。

令和二年二月　　伊那市の自宅にて

参考資料

参考文献

『徒然草』吉田兼好（岩波文庫）
『遠野物語』柳田国男（講談社）
『宮沢賢治童話全集』（岩崎書店）
『「やさしさ」こそ必要な能力』松山幸雄（信濃毎日新聞）
『小林秀雄集』（現代日本文学全集・筑摩書房）
『モーツァルトを語る』海老沢敏（音楽之友社）
『ゲーテとの対話』エッカーマン（岩波書店）
『果樹の上手な育て方大事典』（成美堂出版）
『めん羊・山羊技術ハンドブック』（社団法人畜産技術協会）

著者紹介

宮原 達明［みやはら たつあき］

1942年、長野県上伊那郡手良村（現伊那市手良）に生まれる。
早稲田大学卒業後、高校の社会科教師として各地で勤務し、平成15年、県立上伊那農業高等学校長を最後に退職した。退職後は農業に従事し、その傍ら伊那市立手良公民館長、「手良誌」編集副委員長などを務めた。

著書『漂泊の俳人　井月の日記』（ほおずき書籍）
　　『農に生きる』（農山漁村文化協会）
　　『祈りの里』（ほおずき書籍）

カントリーノート ―高齢化社会を生きる―

2020年4月30日　発行

著　者　宮原　達明
発行者　木戸ひろし
発行所　ほおずき書籍株式会社
〒381-0012　長野市柳原2133-5
TEL（026）244-0235㈹
web http://www.hoozuki.co.jp/
発売元　株式会社星雲社
〒112-0005　東京都文京区水道1-3-30
TEL（03）3868-3275

ISBN978-4-434-27473-2
乱丁・落丁本は発行所までご送付ください。送料小社負担でお取り替えします。
定価はカバーに表示してあります。